Paul Heyse

Die schlimmen Brüder

Schauspiel in vier Akten und einem Vorspiel

Paul Heyse

Die schlimmen Brüder
Schauspiel in vier Akten und einem Vorspiel

ISBN/EAN: 9783743351653

Hergestellt in Europa, USA, Kanada, Australien, Japan

Cover: Foto ©Andreas Hilbeck / pixelio.de

Manufactured and distributed by brebook publishing software
(www.brebook.com)

Paul Heyse

Die schlimmen Brüder

.

Die schlimmen Brüder.

Schauspiel in vier Akten und einem Vorspiel

von

Paul Heyse.

(1890.)

Berlin.

Verlag von Wilhelm Hertz.

(Besser'sche Buchhandlung.)

1891.

Personen des Vorspiels.

Martin, ein Bäcker.
Hanne, seine Frau.
Till, ein Schneider.
Ein Fremder.
Ein Quacksalber.
Hans.
Hinz.
Heinz.

Eva.
Ein junger Mann.
Ein Mädchen.
Eine Bürgersfrau.
Ihr Sohn.
Der Stadtpfarrer.
Volk. Schenkwirth. Musikanten.

Ort der Handlung: ein fränkisches Städtchen.
Zeit: Mitte des sechzehnten Jahrhunderts.

Personen des Schauspiels.

Herzog Rabbert.
Herzogin Elisabeth.
Graf Egon.
Dr. Magnus.
Ariel (Hans).
Michael (Hinz).

Gabriel (Heinz).
Eva.
Der Hofprediger.
Hofleute, Dienerschaft, Chorknaben.

Ort: ein mitteldeutsches Herzogthum.
Zeit: die nämliche wie im Vorspiel.

Vorspiel.

Festwiese vor dem Thor einer kleinen Stadt, im Hintergrunde die Stadt-
mauer mit dem Thor, darüber vorragend Giebel und Kirchthürme.
Im Hintergrunde Schaubuden, vorn links eine Schenke, Tische und
Bänke davor. Volksgewühl um die Buden, vor der Schenke ältere
Bürger mit ihren Frauen beim Wein, darunter der weißhaarige Bäcker-
meister mit seiner viel jüngeren Frau und der Gewandschneider.
Mädchen und junge Bursche strömen aus dem Thor, verlieren sich im
Hintergrunde. Andere gehen ab und zu. Heller Nachmittag.

Erste Scene.

Ein Fremder (tritt an den Tisch, wo) Martin der Beck und Till der
Schneider (sitzen).

Fremder
(auf ein leeres Bänkchen deutend).

Ist's erlaubt, ihr Herren?

Martin.
Die Bank ist frei.

Till (höflich aufstehend).

Wolle der Herr sich nur bequemen,
Hier schlecht und recht vorlieb zu nehmen.
He, Wirthschaft! Frischen Wein herbei!
(da ein Kellner gelaufen kommt)
Weißen oder rothen?

1

Fremder.
Mir einerlei.
Man weiß wohl, wie es in dieser Stadt
Gar fürtreffliche Weine hat.
Doch fang' ich gern mit dem rothen an.

(Kellner ab.)

Martin.
Der Herr scheint von weit her zu kommen.

Fremder.
Ich komm' aus Schwaben, ein Handelsmann,
Hab' heuer durch Franken den Weg genommen,
Fahre dann fürder den Rhein hinab,
Dieweil in Flandern ich Jahr um Jahr
Mein Tuchgeschäft zu bestellen hab'.

Till.
Ja, flandrisch Tuch, die feinste Waar'!
Wird auch bei uns gar viel begehrt.

(Kellner bringt Weinkanne und Becher.)

Auf gute Verrichtung!

(stößt mit dem Fremden an.)

Fremder (kostet).
Großen Dank.
Das ist fürwahr ein Labetrank.
Und dieser blütenweiße Weck —

Martin.
Ist meine Waare.

Fremder.
Ihr seid —

Martin.

Der Beck.

Meister Martin bin ich genannt.

Till.

Ich Schneidermeister Till, weitum bekannt.

Fremder
(verneigt sich, sieht sich dann um).

Eine frische Jugend lebt hier zu Land.
Kein Wunder, bei solchem Wein und Brod!
Sine Cerere et vino —

Martin.
Ist das Latein?

Fremder.

Ein Sprichwort; mag verdolmetscht sein:
Ohn' Wein und Brod ist Venus todt.
Man find't nichts Schöners in welschen Gauen,
Und heut zumal beim Kirchweihtanz —
Nur ein halb Stündlein zuzuschauen,
Verjüngt einen alten Knaben ganz.
(hebt den Becher, neigt sich gegen die Weiber.)
Vergönnen mir die werthen Frauen,
Ihr Wohl zu trinken und ihrer Töchter.

Till.
Haha! Ihr scheint kein Kostverächter!

Martin (mürrisch).
Man soll dem Augenschein nicht trauen.
Ich und mein Weib sind kinderlos,

1*

Doch grämen wir uns darum nicht groß,
Wenn wir so sehen, in welcher Art
Die Jugend heutzutage gebahrt,
Aller Zucht und Gesittung bloß.
Denk' ich ein Dutzend Jahre zurück,
Auf unsrer Leonhardskirchweih ging's
Auch bunt und hoch her allerdings,
Doch hatt' das Ding einen andern Schick,
Braucht' keine Mutter roth zu werden,
Wie ihre Tochter sich that geberden,
Gelt, Nachbar? (Der Schneider nickt.)
        — war lauter Lust und Lachen,
Allein in Ehren. Ein züchtig Weib
Durfte sich's gönnen, zum Zeitvertreib
Auch wohl ein Tänzlein mitzumachen.
Das ward nun anders, Gott sei's geklagt!

            Till (seufzt).
Ja, ja! Könnt's schon an den Kleidern sehn:
Verachten die alt' ehrbare Tracht,
Wollen Alle wie welsche Affen gehn.
's ist Sünd' und Schand!

            Fremder.
            Mein! sagt doch an,
Wie das Verderben hier eingerissen.

            Martin (ingrimmig).
Die schlimmen Brüder sind Schuld daran!

            Fremder.
Die schlimmen Brüder? Laßt mich doch wissen.

Martin.

Habt Ihr von denen noch nichts erfahren?
Man meint', auf hundert Meilen im Land
Sei'n ihre Schwänk' und Ränke bekannt.
Das war beiläufig vor zwanzig Jahren
In einer Weihnachtsmitternacht,
Da ist der Pförtner vom Findelhaus
Aus seinem friedlichen Schlaf erwacht.
Ein Wimmern klang von der Schwelle draus.
Als er den Schaden bei Licht besah,
Drei nackte Knäblein fand er da,
Am Leibe braun und wohlgestalt,
Winselten laut im blanken Schnee,
That ihnen sonst kein Finger weh,
Und wurden guter Ding' alsbald,
Als sie der Hüter ins Haus gerettet,
In warme Windeln sie eingebettet.
Der Thor! — verzeih' mir Gott die Sünd'! —
Hätt' sollen die Brut auf offner Gassen
Wie junge Hündlein erfrieren lassen.

Fremder.

Ward denn nicht kund, wer die Eltern sind?

Martin.

Kam nimmer die kleinste Spur zu Tag.
Doch können's, da ein Aepfelein
Nie weit vom Stamme fallen mag,
Nicht just die Besten gewesen sein.
Zwar wuchsen in der Jahre Lauf
Die saubern Drillinge zum Erstaunen
Stattlich wie Herrenkinder auf.
Man hörte, wo sie sich zeigten, raunen,

Sie müßten aus hohem Hause stammen,
An Wuchs und Antlitz adlig schier.
Aus ihren Augen sah man flammen
Unbändigen Stolz und Ehrbegier.
Doch kaum noch aus den Kinderschuhn,
Ließ sie das üppige Blut nicht ruhn,
Spielten den Lehrern freche Possen,
Den Bütteln und Wächtern, so ihnen wehrten,
Wenn sie das Unterst' zu oberst kehrten,
Und als ihnen erst der Flaum gesprossen,
Den züchtigsten Mägdlein sonder Scham
Stellten sie nach auf Schritt' und Tritten
Und waren dennoch verwundersam
Beim Weibervolke wohlgelitten.
Ist's nicht so, Hanne? Hast allweg
Nicht auch die Schelmen in Schutz genommen?

Die Frau (erröthend).

Ein' milde Zucht thät' besser frommen,
Als Schelten, Hunger und Ruthenschläg'.
Das hat sie verwildert und verstockt.

Martin (heftig).

Ja, Milde! Streichle den stät'schen Gaul,
Der schäumend ausschlägt, bäumt und bockt!
Nein, ein eisern Gebiß ins Maul!
Ha! weil die zuchtlos wilden Gesellen
Gar tecklich freie Künste treiben,
Soll jeglicher Unfug straflos bleiben,
Und drückt ein ehrbar Weib, wie du,
Ueber ihre Unzucht ein Auge zu?
Blut und Marter! Mit Staupenschlag
Sollt' man sie jagen aus Stadt und Land.
(schlägt auf den Tisch.)

Till.

Ha nu, Gevatter, was man auch sag',
Der Ein' ist ein trefflicher Musikant,
Ein auserlesner Fiedler und Sänger.

Martin (immer hitziger).

Der abgefeimte Rattenfänger!
Verhext die Mägdlein und die Buben.
Sobald des Abends sein' Geig' erschallt,
Zieht sie's mit Teufelssturmgewalt
Aus Gesinde- und Kunkelstuben
Zu Tanz und Lustbarkeit hinaus,
Kaum bleibt ein Hinkefuß zu Haus.
Und wie er geigt, der schwarze Hans,
So müssen sie sich drehn im Tanz,
Bis mancher ehrbaren Mutter Kind
Nicht bloß den Schwindel im Haupte spürt,
Sondern sein Kränzlein auch verliert.
Die Eltern aber machtlos sind:
Da hilft kein Wehren, kein Verbot,
Sie müssen tanzen, und wär's in den Tod.

Fremder.

Da glaubt man wahrlich an Zauberei.
Doch sagt, die Andern —

Martin.

Die andern Zwei,
Je nun, sind auch gar schlimme Knaben,
Die Unheil stiften mit ihren Gaben.
Der Eine, der rothe Hinz geheißen,
Thät sich, kaum aus den Kinderschuhn,
Der Mal- und Bildnerkunst befleißen,

Doch Teufelswerk ist all sein Thun.
Bildlein malt er so schamlos frei,
Den Ehrbarn treiben sie's Blut in die Wangen,
Den Buhlern schüren sie das Verlangen.
Ist's nicht so, Gevatter?

Till.

's ist Hexerei!
Und denkt, in Sanct Marien gar
Meißelt' er neben dem Hochaltar
Adam und Eva, lebensgroß,
Wie's ja der Brauch ist, nackt und bloß,
Weil damals im Paradiese leider
Noch fehlte die ehrbar' Zunft der Schneider.
Man sollte steuern dem Aergerniß;
Sechs Ellen Tuch, so wär's gethan.

Fremder.

Ihr mäßt wohl gern ihnen Mäntel an?
Und der dritte Bruder?

Martin.

Ein kecker Fant,
Der frecher Verskunst sich befliß,
Verbuhlte Liedlein, lose Geschichten
Reimweis gar künstlich weiß zu dichten.
Der blonde Heinz wird er genannt.
Mit seinen schimpflichen Fastnachtschwänken
Verhöhnt er Ehrbarkeit und Zucht,
Bis Alt und Jung nach der verbotnen Frucht
Schamlos die Hälse sich verrenken.
Ja, Herr, wer hier in Ehren ergraut,
Mit Grimm und Gram dies Treiben schaut.
Hört Ihr? Da kommt, daß Gott erbarm',

Ein neuer Narren= nnd Schelmenschwarm.
Zu Galle wird mir der edle Wein!
Mit Verlaub, ich zieh' mich ins Haus hinein.
Kommt Ihr nicht mit?

Fremder.

Möcht' haußen bleiben,
Ein wenig schauen, wie toll sie's treiben.
Ein Fremder muß Leut' und Land studieren.

Martin.

Meinthalb! Werdet nicht viel profitieren.
Kommt Ihr, Gevatter? (zur Frau)
Hе, nimm die Kanne!

Till (halb widerwillig).

Erlaubt mir Euren Arm, Frau Hanne!
(führt sie in die Schenke, der Beck folgt.)

Zweite Scene.

(Aus dem Stadtthor kommt tanzend) Hans (die Geige im Arm, anderen Musikanten voran, hinter ihnen) ein Schwarm junger Bursche und Dirnen (paarweis).

Hans
(singt, während die Musikanten ihn begleiten).

Nun singt und springt, nun jauchzt und trinkt,
Es blühen die Rosen im Mai.
Mit greisem Schopf und Wackelkopf
Ist Spiel und Tanz vorbei.
Traléra tralei —
Ja Spiel und Tanz vorbei!
(Die Andern wiederholen den Kehrreim, den auch Hans jetzt mit der Geige begleitet. Sie sind singend über die Bühne gezogen und gehen nach rechts ab. Volk strömt nach. Lebhaftes Getümmel.)

Dritte Scene.

(Aus dem Hintergrunde links kommt) der Quackfalber (in bunter, phantastischer Tracht, eine spitze Mütze auf dem grauhaarigen Kopf, ihm folgt, von zwei großen schwarzen Ziegenböcken gezogen, sein niedriger Wagen mit Flaschen, Büchsen und ärztlichem Geräth. Die Böcke ziehen den Wagen auf eine freie Stelle rechts, wo sie stehn bleiben. Der Quackfalber tritt zu ihnen, schirrt sie ab und giebt ihnen einen Schlag auf den Rücken, worauf sie in die Coulisse rechts verschwinden. Fern aus dem Hintergrund erschallt, sehr gedämpft, eine übermüthige Tanzweise.)

Quackfalber
(hinter den Wagen tretend).

Herbei, herbei,
Ihr lieben Leut'!
Hier ist bereit
Gut' Arzenei.
Wer grau und alt,
Braucht's mannichfalt,
Wer jung und roth,
Hat's auch wohl noth.
He, junge Magd,
Was schaust so blaß?
Ich weiß ja, was
Dein Herzchen plagt.
Der, den du meinst,
Um den du weinst,
Fragt nichts nach dir.
Probier's mit diesem Fläschlein hier.
Zwei Tropfen nur ihm in den Wein —
Er brennt um dich in Liebespein.

Mädchen.

Ach geht, Herr Doctor, ich thät' mich schämen,
Zu Liebestränken mich zu bequemen.

Quackfalber (leife).

Verfuch's nur erft, wie fanft es thut,
Wenn Lieb in Liebchens Armen ruht,
Du dankft mir's noch. Geb' dir's gefchenkt.

(ftectt es ihr heimlich zu.)

Und Ihr (zu einer Frau)

— ich weiß wohl, was Euch kränkt:
Der Graubart, dem Ihr angetraut,
Bringt um den Schlaf Euch Nacht für Nacht,
Dieweil er fchnarcht gar überlaut.
Da nehmt dies Pulver, rührt es facht
Zur Nachtkoft ihm ins Süpplein warm —
Er läßt Euch fchlafen fonder Harm.

(fich zu ihr neigend, leifer)

Nur thut des Guten nicht zu viel!
's ift immer ein gewagtes Spiel.

(da die Frau verftohlen danach greift und einen Beutel zieht)

Ihr zahlt hernach, wenn Ihr's erprobt
Und meine tiefe Kunft belobt.

(giebt ihr ein Büchschen.)

Ihr da, mein fchmucker junger Fant,
Was fchleicht Ihr um fo weh und wund?
Weif't her die Linien Eurer Hand!
Ha wohl, ich feh' es ungefragt:
Die Armuth Euch am Herzen nagt.

Jüngling (betroffen).

Woher nur ward Euch das bekannt?
Das Übel, fo gefchickt Ihr feid,
Mit Tränklein ift's nun nicht zu heilen.

Quackfalber.

Wartet nicht, bis es Ducaten fchneit!
Müßt Euch fein umthun unterweilen,

Eine reiche Wittib auszuspähn,
Könnt Euch fürwahr doch lassen sehn.
Zum Überfluß salbt Euch mit dieser Salben;
Verbreitet dann so süßen Duft,
Man öffnet Thür und Thor Euch allenthalben,
Wie Baldrian die Katzen ruft.

Jüngling.

Ihr spottet mein.

Quacksalber.

Ich bin ein Schuft,
Mein' ich's nicht ehrlich. — Nur frisch heran
Zum Wundermann,
So Alt wie Jung!
Für Alle weiß er Raths genung.

(Volk drängt sich herzu. Er spricht leise mit ihnen weiter.)

Vierte Scene.

Der Schneider (schleicht aus dem Hause, zu dem) Fremden (hin, der die vorigen Scenen mit Aufmerksamkeit verfolgt hat), dann Eva.

Till (vertraulich).

Liebwerther Herr —

Fremder.
Ihr wollt nach Haus?

Till.

Nicht doch! Nun geht's ja recht erst an.
Halt's beim Gevatter drin nicht aus.
Ist gar ein sauertöpfisch' Mann,
Schmäht immer mit seiner lieben Frauen,
Die, wie's ihren jungen Jahren gebührt,
Auch manchmal ein Gelust verspürt,

An Sang und Klang sich zu erbauen;
Hat sie wahrhaftig im Verdacht,
Daß sie dem Fiedler süße Augen macht.
Ja, spät gefreit hat stets gereut.
Haha!

Fremder.

Der Fiedler scheint ein kecker Gesell,
Der manche Nacht wohl gassatim schwärmt
Und sich an fremdem Feuer wärmt.

Till.

Wir thäten's auch an seiner Stell',
Haha! Doch nicht ein Jeder kann's
So ungestraft wie der schwarze Hans.
Kommt! Führ' Euch nach dem Tanzplatz hin;
Mich lockt die Musik, so alt ich bin.
(faßt ihn unter den Arm.)
(Eva kommt aus dem Thor.)

Fremder.

Wer ist das einsame schmucke Kind?
Kein feineres hab' ich lange gesehn.
Wie kommt's, daß sie keinen Gesellen find't?

Till.

Sollt' sich nur Einer unterstehn,
Den nähm' der Bildhauer in die Lehr'!
's ist seine Liebste.
Fremder.
Kommt grad' hieher,
Steckt's Näslein in ihren Blumenstrauß
Und läßt die Augen wie Blitze schweifen.
Seht, wie sie wiegt den schlanken Leib!

Till.

Kommt, kommt! Ihr seid ja ganz verzückt.
Das Fieber möcht' Euch auch ergreifen.
Säh' das Euer frommes Eheweib —

Fremder.

Habt Recht, daß es sich übel schickt
Für alte Knaben, wie unsereins,
Nach frechem Augenspiel zu gaffen.
Was hab' ich ehrsamer Mann zu schaffen
Mit Eurem Hans und Hinz und Heinz?
Will nur noch eben den Reigen sehn,
Dann eilig meiner Wege gehn.
Denn traun, mir wirbelt's hier im Kopfe,
Als hätte der Teufel mich beim Schopfe.

(ab mit dem Schneider nach rechts.)

Fünfte Scene.

Quacksalber (vorn rechts, vom Volk umstanden, vor der Schenke zechende)
Bürger mit ihren Weibern. Eva (kommt in den Vordergrund, blickt
suchend umher).

Quacksalber.

He, Jüngferchen mit den stolzen Mienen,
Könnt' Euch gewiß mit Manchem dienen.

Eva.

Daß ich nicht wüßte! Bin nicht krank.
Frag' Eurem Salbenkram nichts nach.

Quacksalber.

Ja freilich, Eure Äuglein blank,
Das Hälslein rund,
Der Lächelmund,

Was wissen die von Weh und Ach!
So wenig wie ein Feuerbrand,
Der Funken aussät frech und froh,
Bis Alle brennen lichterloh.

Eva.

So heilt die Narren, die sich verbrannt,
Habt Salben und Balsam ja vollauf.
Was kümmert's mich?

Quacksalber (leiser).

Doch kommt die Zeit,
Da hört das Feuer zu zünden auf.
Wenn Ihr sein artig und dankbar seid,
Will Euch ein Mittelchen bescheren,
Noch vierzig Jahre die Glut zu nähren.

Eva.

Was kümmert mich's, wie lang die Frist?
Einmal muß Alles ein Ende nehmen.
Wenn das Feuer verlodert ist,
Dann gute Nacht! Was soll ich mich drum grämen?
Glaub' nicht an Zauber und Hexenkunst.

Quacksalber.

Seid selber ein Hexlein, mit Vergunst,
Hab' aber an Euch mein Wohlgefallen.
Kommt, wählt unter meinen Sächlein allen,
Rosenöl, Balsam, feine Essenzen,
Davon Lippen und Augen glänzen —
Keine Prinzessin würd's verschmähn.
Geruhet nur es anzusehn.
(Eva tritt an seinen Wagen.)

Sechste Scene.

Vorige. Hinz und Heinz (aus der Stadt).

Hinz
(den sich sträubenden Heinz am Arm führend).

Nein, Bruder Heinz, ich lasse dich nicht!
Was hockst du in der dumpfen Kammer
Und beichtest deinen Katzenjammer
In einem winselnden Klaggedicht?
Mach einen Vers auf Lieb und Wein
Und laß den dürren Mißmuth fahren!

Heinz.
Mir widert das Leben!

Hinz.
   Es steht nicht fein
Melancholei zu blonden Haaren.
Was lief dir übers Leberlein?
Hast nicht genug der Ehr' und Freuden,
Bist berühmt schon in jungen Jahren,
Die Weiber kommen in hellen Haufen,
Wenn du nur winkst, dir ins Garn gelaufen,
Darfst nicht den König in Frankreich neiden,
Und doch —?

Heinz.
  Laß mich! Was an mir frißt,
Wird ewig dir ein Räthsel bleiben,
Der du ein Knecht der Sinne bist.
Mich aber grimmt's, mich umzutreiben
Im Tretrad der Alltäglichkeit,
Ein erb= und namenloser Wicht,
Und draußen im goldnen Sonnenlicht
Lockt eine Welt so frei und weit.

O da hinein! zu stolzen Abenteuern!
Alle Herrlichkeiten der Erde schauen,
Als Kämpfer Siegesfeste feiern,
Bekränzt von königlichen Frauen —
Das wär' der irdischen Mühe werth!

Hinz.

Ich habe nie nach Kampf begehrt,
Mag nur genießen, unbeschwert.

Heinz.

Das eben ist's! Ich finde kein Genügen
An kampflos leichterrungnen Siegen.
Bruder, glüht denn in deinem Blut
Nicht auch der Trieb, ein hohes Spiel zu spielen?
Wie dunkel uns auch die Loose fielen,
Ich spür's an meinem Wagemuth:
Ich bin von adeligem Stamme.
Mein Vater — daß ihn Gott verdamme,
Da er ins Findelhaus mich stieß! —
Eins dank' ich ihm, was er mich erben ließ:
Allem Höchsten mich gleich zu dünken
Und, eh ich zahm in dumpfer Enge
Mein heißbegehrlich Herz bezwänge,
Lieber ins ew'ge Nichts zu sinken,
Die schmählichen Schranken zu zerbrechen
Und durch ein unerhört Erfrechen
Die Glut zu kühlen, die in mir loht.

Hinz.

Bist ein Poet! Mit Euresgleichen
Hat man allweg seine liebe Noth.
Komm! Laß dir erst einen Becher reichen,

2

Dann schüttle die Mucken ab im Tanz.
Hörst du nicht drüben Bruder Hans
Recht teufelmäßig die Fiedel streichen?
Und dort — beim Strahl! (erblickt Eva.)
                    — das Evchen! Schau!
Was hast du gekauft? Einen Liebestrank?

Eva.

Hab' ihn nicht nöthig, Gott sei Dank!
Einen Narren wie du verliebt zu machen,
Bedarf's nicht eben Zaubersachen.
Komm! Laß uns tanzen!
                    (hängt sich an ihn, will ihn fortziehen.)

Hinz (leise zu ihr).
                    Höre, Kind,
Könntest mir einen Gefallen thun.

Eva.

Was ist's?

Hinz.
                    Da sieh meinen Bruder hocken.
Ein böser Dämon plagt ihn nun,
Gegen alle Lust sich zu verstocken.
Du Schmeichelkatz, geh zu ihm hin,
Faß ihn liebkosend an das Kinn
Und lock ihn artig zum Tanz mit dir.
Ja, solltest du ihm den Kopf verdrehn,
Will ich einmal durch die Finger sehn.

Eva.

Ich haß' ihn. Früher gefiel er mir,
Weil er viel schöner ist als du.
Er ließ mich naserümpfend stehn!

Eh' ich Dem was zu Liebe thu',
Müßt' er kniefällig mir Reue zeigen.
Nun mag er sich selbst zum Tanze geigen,
Der Hochmuthsnarr mit dem Bettelstolz!

(zieht Hinz fort nach dem Tanzplatz.)

Siebente Scene.

(Es ist dunkler geworden. Ein Kellner hat eine Kanne mit Wein gebracht
und vor) Heinz (hingestellt, der den Kopf in die Hand gestützt vor sich hin
brütet. Das Volk um den Karren des) Quacksalbers (hat sich verlaufen,
vor den Buden im Hintergrunde werden Laternen angezündet.)

Der Quacksalber

(verläßt seinen Kram und nähert sich langsam Heinz).

Mit Verlaub, mein junger Herr —

Heinz (auffahrend).

Was soll's?

Quacksalber.

Euch ist nicht wohl.

Heinz.

Was schiert das Euch?

Quacksalber.

Geht nur nicht gleich so wild ins Zeug!
Ich bin ein vielerfahrner Mann,
Der manch Gebresten heilen kann.

Heinz.

Habt Ihr auch Balsam für Seelenwunden?

Quacksalber.

Hm! je nach ihrer Qualität.
Hab' Zeugnisse von sehr berühmten Kunden,

2*

Mit rother Tinte säuberlich geschrieben.
Wollt' es dem Junker nur belieben,
Dem Arzt zu beichten, wie's um ihn steht.

Heinz.

Armsel'ger Prahler! Wollt Ihr Euch vermessen,
Mit Pillen= und Latwergenquark
Den Wurm zu tödten, der tief ins Mark
Meines jungen Lebens sich eingefressen?

Quacksalber.

Es könnt' wohl sein.

Heinz.

Das Ungenügen
Zu stillen, das mich folternd brennt,
Dem Falken gleich, der träumt von hohen Flügen
Und wider des Käfichs Stäbe rennt?

Quacksalber.

Es könnt' wohl sein.

Heinz (springt auf).

Beim ew'gen Gott,
Es tobt ein Trutz in meinen Adern,
Mit meinem Schöpfer selbst zu hadern.
Hat er mich nur zu Schimpf und Spott
Begabt mit Geist= und Sinnenkräften,
Um in der Armuth Joch und Frohn
Hier an die Scholle mich anzuheften,
Daß ich um Bettel=Tagelohn
Zu schnödem Werk mich müsse dingen lassen,
Hochzeits= und Kindtaufcarmina verfassen,
Den Biedermännern zum Entsetzen

Verruchte Spiel' und Schwänke reimen,
Und wüßte nicht beffern Zeitvertreib,
Als dann und wann ein Biederweib
Von Pflicht und Tugend wegzuschwätzen?
Die Stimme, die mir zuruft im Geheimen:
„Du bist berufen zu höhern Dingen!
Stiefvaterhuld an dir bewies
Der Gott, der in den Staub dich stieß!"
Könnt Ihr auch die zum Schweigen bringen?

Quackfalber.

Es könnt' wohl sein. Begebt Euch nur,
Mein junger Freund, getrost in meine Cur.
Die Diagnose — glaubt' mir's fest und steif —
Ergiebt das Facit: Ihr seid reif.

Heinz (wild lachend).

Reif? wie im Felde die Weizenfrucht,
Für die der Schnitter die Sichel wetzt?
(reißt den Dolch vom Gürtel.)
Ich hätte gute Luft, gleich jetzt —

Quackfalber
(packt ihm die Fauft, in der er den Dolch gezückt hat).

Gemach! Eh' man zum Messer greift, mein Sohn,
Wird noch gelindere Cur versucht.

Heinz (ihn anftarrend).

Wer seid Ihr, daß Ihr sprecht aus diesem Ton?

Quackfalber.

Geduld nur! Du erfährst es schon.

Achte Scene.

Vorige. (Aus dem Hintergrunde rechts kommt der Schwarm der Tänzer wieder zurück.) Hans (voran, mit seinem Mädchen, hinter ihm) Hinz, der Eva (um den Leib gefaßt hat, dann paarweis die Andern).

Hans (geigt und singt).

Und wer noch frisch und wer noch jung —
Es blühen die Rosen im Mai —
Ein Schätzlein ist ihm nicht genung,
Küßt ihrer zwei und drei.
        Traléra tralei —
Die Küsse die blühen im Mai!

(Die Tänzer wiederholen den Kehrreim, dann lösen sich die Gruppen, der Quacksalber hat sich zu seinem Karren zurückgeschlichen, Hinz und Hans werfen sich auf die Bank, Heinz steht in sich versunken. Die Mädchen setzen sich zu ihren Liebsten oder lassen sich auf den Schooß ziehen.)

Hans.

Wein her! Die Kehl' ist mir verdorrt.
Guten Abend, Heinz! Hast nicht mittanzen wollen?

Hinz.

Wie'n Marterbildniß steht er dort,
Gelaunt, mit Gott und Welt zu grollen,
Statt frisch und frei herumzutollen.

Hans.

Wo steckt deine Liebste, die Hildegund?

Heinz.

Laßt mich! Mir steht nach euren Freuden
Heut nicht der Sinn. (will fort.)

Hans

(springt auf, eilt zu ihm).

Sag uns den Grund!
Wir lassen uns nicht so kurz bescheiden.
Da trink!

Heinz.

Ich mag nicht! (will fort.)

Hans.

Kommt herbei,
Ihr Mädel, schließt um ihn die Kette!
Er darf nicht fliehn. Wir singen um die Wette
Ein Pereat der Melancholei!

(Die Mädchen umringen Heinz, singen wieder den Refrain. Er sträubt sich
vergebens.)

Neunte Scene.

Vorige. (Aus dem Hintergrunde links) eine Frau, (hinter ihr) ein
junger Bursch.

Frau

(vorstürzend, auf Heinz zu).

Wo ist er? Ha! Meineid'ger Wicht,
Herzloser Mörder, Ehrendieb,
Meinen Mutterfluch dir ins Gesicht,
Erzteufel du! O Gott im Himmel droben!

(rauft ihr Haar.)

(Volk drängt sich um sie; der Beck, seine Frau, andere Bürger treten
aus der Schenke.)

Heinz.

Was wollt Ihr, Frau? Was soll das Toben?

Frau.

Wie, falscher Heuchler, kennst mich nicht,
Die Mutter von deinem süßen Lieb,

Die dein gottloser Lügenmund
In Noth und Tod und Verdammniß trieb?
Wo ist, du Schelm, zu dieser Stund'
Mein liebes Kind, meine Hildegund?
Hast du ihr nicht die Eh' versprochen
Und, da sie's glaubte, der arme Narr,
Dein Wort ihr und das Herz gebrochen?
Was steht ihr Dirnen stumm und starr?
An euch wird auch die Reihe kommen.
Fallt über ihn! reißt ihm die Augen aus,
Das falsche Herz — Weh mir!

(Sie will umsinken, der junge Bürger hält sie.)

Der Sohn.
O Mutter, kommt nach Haus!
Euer Klagen und Wüthen kann nicht frommen.
Ich mach' dem Schelmen den Garaus,
So wahr ich Hildegund's Bruder bin.

Heinz.
Was kommt dem tollen Paar in Sinn?
Die Närrin hat sich an mich gehängt,
Hab' ihr kein Treuwort je gegeben,
Sie nur nicht eben weggedrängt.

Der Sohn.
Und das bezahlte sie mit dem Leben!
Ja wißt, vor einer kleinen Stund —
Meine süße Schwester Hildegund —
Der Fluß hat sie ans Land gespült
Um Diesen da! (ballt die Fäuste gegen Heinz.)

(Mädchen und Bursche weichen entsetzt von Heinz zurück. Hinz und Hans
nähern sich ihm.)

Hans (raunt ihm zu).

    Heinz, mach dich fort!
Der Bursch ist rasend.

Heinz (vortretend).

    Höll' und Mord,
Was für ein Spiel wird hier gespielt?
Weil sich ein thöricht verliebtes Ding
Wie'n Äffchen geberdet, mir zu gefallen,
Ein Apfel, der reif am Baume hing,
Von selber mir in den Schooß gefallen,
Wagt man des Raubes mich zu zeihn?
Und rannte sie in den Fluß hinein,
Ihr üppiges Geblüt zu kühlen,
Gott mag ihrer Seele gnädig sein!
Soll ich deßwegen Reue fühlen?
Nehmt eure Schwestern besser in Acht,
Ihr Bursche! Doch weh der Bubenhand,
Die sich mit mir zu schaffen macht!
   (wendet sich mit stolzer, drohender Geberde zum Abgehen.)

Der Sohn
   (der die ohnmächtige Mutter den Mädchen überlassen).

Nicht von der Stelle, schnöder Fant!
Heraus die Klinge!

Heinz (zieht den Dolch).
    Fort mit dir!

Der Sohn.

Heran, Gesellen! Laßt ihn bezahlen
Seinen Frevelmuth, sein freches Prahlen!
Ho! Mordio! Mordio!

Die Bursche
(dringen auf Heinz ein).
Schlagt ihn nieder!

Heinz.
Tolldreister Gauch, nimm das!

Der Sohn (zurücktaumelnd).
Du Schuft!
Ich bin — verwundet! (Lärm und Getümmel.)

Heinz (sich wehrend).
Heran, ihr Brüder!

Hans (ihm zuraunend).
Gieb Fersengeld!

Hinz.
Es sind zu Viel.

Heinz.
Die Krämerbrut! Hört, wie die Hunde belfen!
Dem Löwen ist die Meut' ein Spiel,
Und hilft nicht Gott, so mag der Teufel helfen!

Quackfalber.
Er hilft euch!

(Ein Donnerschlag. Finstere Nacht. Aus dem Boden zwischen den zurück-
weichenden Brüdern und den nachdrängenden Burschen schlägt eine hohe
Flamme auf. Plötzlich, drei Secunden lang, Todtenstille. Dann, während
ein zweiter unterirdischer Donner erschallt, flüchten die Burschen und Mädchen,
letztere kreischend, nach dem Hintergrunde und zerstreuen sich rechts und links
und durch das Stadtthor.)

Zehnte Scene.

(Die Bühne bleibt dunkel. Die Flamme schlägt noch einmal auf, versinkt dann. Im Vordergrunde) die drei Brüder, der Quacksalber (an seinen Karren gelehnt).

Quacksalber
(indeß die Brüder wie betäubt stehen).

Hab' ich's recht gemacht,
Mein junger Freund? Dies Pröbchen meiner Macht
Wird euch Respect vor dem Alten lehren.

Hans.

Die Rotte zerblasen und zerstoben!

Hinz.

Lassen's wohl bleiben, zurückzukehren.

Heinz.

Traun, mein Herr Doctor, man muß Euch loben.
Ihr seid ein Meister magischer Künste
Und wir bereit zu jedem Gegendienste.

Hans.

Einstweilen nehmet unsern Dank.

Quacksalber.

Nicht Ursach. Solch ein kleiner Schwank
Ist, sollt' ich meinen, doch das Mind'ste,
Was für sein eigen Fleisch und Blut
Ein liebevoller Vater thut.

Heinz.

Ein Vater?

Quacfſalber
(wirft Müße und bunten Rock ab und ſteht ganz ſchwarz gekleidet, als
Höllengeiſt vor ihnen).

Hans.
Alle guten Geiſter!

Hinz.
Was ſoll der Mummenſchanz, Herr Hexenmeiſter?

Der Teufel.
Wahr' deine Zunge, dreiſter Knabe!

Heinz.
Ihr wärt — ?   O ew'ge Allmacht!

Der Teufel.
Still!

Mit einem Namen bin ich genannt,
Der keinem Erdengeſchöpf bekannt.
Ihr aber hört, was ich euch ſagen will,
Und wenn der Vater mit euch ſpricht,
Schaut ohne Zagen ihm ins Angeſicht.

Hans.
Er unſer Vater!
Hinz.
Meine Kniee beben!

Heinz.
Ein Märchen iſt's, das wir erleben!

Der Teufel.
Ich muß euch wohl Beweiſe geben,
Daß meiner Vaterſchaft ihr traut,

Von der ihr, scheint's, nicht sehr erbaut.
So kommt, ihr Knaben, und horchet auf!
(Er hat sich an seinen Karren gelehnt, die Arme übereinandergeschlagen. Die
Brüder nähern sich ihm zögernd.)

Vor langer Jahre Frist geschah's,
Daß ich auf Bergesspitze saß,
Betrachtete mir den Weltenlauf,
Und in mir kochte Gram und Grimm.
Ich sah, um meine Macht auf Erden,
Die einst so stolze, stand es schlimm
Und sollte noch täglich schlimmer werden.
Rings auf dem weiten Erdenball
Hört' ich Glocken mit lautem Schall
Bußfert'ge Schächer zur Andacht laden,
Locken mit hohen Himmelsgnaden,
Im feigen Vorsatz sie bestärken,
Mir abzusagen und meinen Werken.
Und in mir rief's: Was zauderst du?
Siehst als ein blöder Schwächling zu,
Wie Alles hofiert der höchsten Macht?
Der droben hätt's nicht so weit gebracht,   .
Hätt' er dem Sohn nicht die Kraft verliehn,
Als Mensch die Menschen anzuziehn.
Gelang das einem Gott, je nun,
Der Teufel kann ein Gleiches thun.
Ich will mir herrliche Söhne schaffen,
Begabt mit üppiger Sinnenbrunst,
Die durch verlockend mannichfalt'ge Kunst
Dem Himmel seine Beut' entraffen,
Und wird sich mehr als Eine finden,
Zum großen Werk mit mir sich zu verbinden.
Hab' doch in mancher Walpurgisnacht
Manch' Alt' und Junge kirre gemacht.

Heinz.

Ein schaurig höllentiefer Plan!
Und — er gelang?

Der Teufel.

Seht euch nur an!
Eure Mutter, das arm' junge Blut,
Nun lange schon im Grabe ruht.
Doch wie ich es erlistet hab',
Daß sich die stolzeste der Weiberseelen
Doch endlich mir zu eigen gab,
Ein andermal will ich's erzählen.
Gelbschnäbel eures Alters müssen
Noch auf der Welt nicht Alles wissen.
Genug, sie war ein Wesen seltner Art,
Und da ihr kaum ans Licht getreten wart,
Flackert' ihr halberloschner Blick
Noch einmal auf, von jedem Trost beraubt,
Ihr blasses, todesbanges Haupt
Sank auf den harten Pfühl zurück —
Sie war verschieden.

Heinz.

Unsre Mutter! Oh! (Pause.)

Der Teufel.

Sobald ihr letzter Hauch entfloh,
Nahm, noch vom Mutterleibe warm,
Die junge Brut ich in den Arm,
Trug sie durch Nacht und Wintergraus
Vor dieses Städtleins Findelhaus.
Ihr solltet den Druck der Armuth spüren,
Dienstbar zu werden meinem Zweck,
Mit ungestillten Wünschen keck
Den Trieb in eurem Blute schüren.

Mein Plan ist mir nach Wunsch gelungen,
Ich darf mit Vaterstolz euch sehn
Als echt' und rechte Teufelsjungen.
Und jetzo gilt's, ans Werk zu gehn.

Heinz.

Ans Werk?

Der Teufel.

                Ich führ' euch in die Welt,
Zunächst zu einem Probestück.
Beweis't ihr da Geschick und Glück,
Eröffn' ich euch ein weitres Feld.
Es herrscht unfern von diesem Land
Ein Fürst, dem ist ein Weib gesellt
Ganz allem Weltlichen abgewandt,
Nur heiligem Wort und Werk ergeben.
Und wie sie selber fromm gesinnt,
Müht sich nun jeglich Landeskind
So hohem Vorbild nachzustreben.
Man hört das ganze Land entlang
Nur Psalmensang und Glockenklang,
Kein Fastnachtsspiel, kein Rundtanz mehr,
Von Bildern sind die Kirchen leer.
Umsonst bot alle List ich auf,
Sie wegzulocken vom schmalen Pfad,
Zu meinem Dienst sie zu bekehren.
Nun bringt denn ihr den Vater neu zu Ehren,
Der euch so reichlich ausgestattet hat.
Mit Dreien soll mir's wohl gelingen,
Die Macht des Einen zu bezwingen.
Zeigt was ihr könnt, bethört, verführt,
Entflammt die Herzen und die Sinne,
Daß wieder in mir den Herren spürt

Dies frömmelnd-zahme Wurmgeschlecht,
Und ich mein Reich zurückgewinne.
Ihr schweigt — ihr starrt — ist's euch nicht recht?
Euer Lohn soll nicht der kargste sein.
In alle Wonnen sollt ihr euch tauchen,
Und nie erfahren des Alters Pein.
Muß ich euch Muth erst in die Seelen hauchen?

Heinz.

Verzeiht — es kam so ungeahnt, so schnelle — ·
Ein Ungeheures brach herein —
Laßt uns nur zur Besinnung kommen!

Der Teufel.

Hier kann nicht langes Besinnen frommen.
Blickt dorthin! Wie gefällt euch das?

Elfte Scene.

Vorige. (Aus dem Stadtthor bringt eine Schaar bewaffneter junger Bürger,
voran) der Sohn der Wittwe, (in ihrer Mitte) der Stadtpfarrer (mit
einem hocherhobenen Kreuz). Weiber (folgen. Aus der Schenke) der
Wirth und die Gäste.

Der junge Bürger.

Da steht sie noch, die Brut der Hölle!
Fangt sie! Werst sie in Ketten!

Weiber.
Weh!

Der Gottseibeiuns!

Stadtpfarrer.
Exorciso te!
Apage, apage, Satanas!

Der Teufel

(ist in die Mitte der Bühne getreten, hat die Brüder an sich gezogen).

Ihr feigen Schächer seid nicht werth,
Daß Unsereins mit euch verkehrt.
Doch wie ihr auch euch sperrt und wehrt,
Was ihr verdient, wird euch beschert.
Glaubt eines ehrlichen Mannes Worte:
Auf Wiedersehn an einem heißern Orte!

(Er hat die Söhne umfaßt, stampft dreimal auf den Boden, versinkt mit ihnen. Eine Flamme schlägt auf. Das Volk steht einen Augenblick entsetzt, stürzt dann aufgeregt in den Vordergrund und zeigt nach dem Karren, der plötzlich zusammenbricht und verschwindet.)

(Der Vorhang fällt.)

Erster Akt.

Halle im herzoglichen Schloß, hinten eine offene Galerie mit dem Ausblick in eine heitere Landschaft. Rechts und links Thüren, durch Vorhänge geschlossen. Rechts ein Sessel. Hörnermusik aus der Ferne.

Erste Scene.

Von rechts Herzog Radbert, Graf Egon, Doctor Magnus (in grauem Bart, trägt eine Hornbrille).

Herzog
(tritt rasch herein, bleibt lauschend in der Mitte der Halle stehn).

Was klingt da herüber vom Waldesrand?
Ein muntres Stück!

Graf.

Ein fremder Musikant
Befliß sich diesen Weg zu wählen,
Meinem gnädigsten Herrn sich zu empfehlen,
Verhofft am Hofe sich Gnad' und Gunst.

Herzog.

Er scheint ein Meister seiner Kunst,
Den gern in unsern Dienst wir nähmen.
Die Töne hauchen in unser Blut
Frisches Behagen und Lebensglut.

Auch unſre Herzogin ſoll ſie vernehmen.
Geht zu ihr, Graf, entbietet ihr,
Wir harrten ihres Geleits zur Jagd. (Graf ab nach links.)
(Die Muſik hört auf.)

Zweite Scene.

Herzog. Magnus.

Herzog
(zu Magnus, indem er ſich ſetzt).

Nun, werther Doctor, was bringt Ihr mir?
Ihr habt die Herzogin befragt,
Erwogen die Symptomen all'.
Wie urtheilt Eure Wiſſenſchaft?

Magnus.

Mein Fürſt, 's iſt ein beſondrer Fall.
Wär' ich ein eitler Charlatan,
Einen langen Vortrag höb' ich an
Voll dunkler Sprüch' orakelhaft,
Geſpickt mit trefflichem Latein,
Machte mich wichtig mit einer Cur:
Folgte mir die Frau Fürſtin nur,
Sie ſollt' in Kurzem geneſen ſein,
Und auf den blaſſen Lilienwangen
Bald wieder friſche Roſen prangen.
Doch wär' ich des Vertrauns nicht werth,
Womit mein gnädigſter Herr mich ehrt,
Sagt' ich nach reiflichem Erwägen
Nicht, wie ich's denke, klar und rund:
Die hohe Frau iſt kerngeſund.

Herzog.

Geſund?

Magnus.
Ich meine von Leibes wegen.
Doch freilich, in ihrer Seele Grund
Hat ein Gebresten sich eingenistet:
Melancholie.

Herzog.
Wenn Ihr ein Mittel wüßtet —

Magnus.
Das Uebel wuchert im kranken Herzen,
Genährt von zehrenden Sehnsuchtschmerzen.
Von da zum Hirne steigt es sacht,
Und wie ein Nebel umspinnt's mit Macht
Aller Gedanken helle Gebilde,
Daß wie auf herbstlichem Gefilde
Kein Lebenstrieb sich mehr zum Lichte drängt,
Bis endlich Eine fahle Nacht
Am hellen Tage die Natur umfängt.

Herzog.
Unheilbar?

Magnus (achselzuckend).
Hm! Noch ist sie nicht so weit,
Noch leiblich klar an Geist und Sinnen.
Doch darf dies tückische Herzeleid
Keinen Zollbreit fürder Raum gewinnen.

Herzog (springt auf).
Ja, Doctor, Ihr habt Recht. Der Tod
Des Knaben, den sie nicht verwindet,
Den zu beweinen als ein Pflichtgebot,
Als einz'ge Wollust sie empfindet,
Der ist an allem Unheil schuld.

Ich hatt' ein langes Jahr Geduld,
Hofft', endlich sollte die Trauer enden,
Zu Lieb' und Leben sie zurück sich wenden.
Doch bleibt sie jetzt noch fremd und kalt,
Erloschen alle Liebesgewalt,
Die einst sie jugendlich durchglühte.
Zum Himmel strebt sie mit allen Sinnen,
Als könnte sie dort nur Heil gewinnen,
Und ich in meiner Jahre Blüte,
Verwittwet leb' ich, freudeleer,
Denn zwischen den getrennten Gatten,
Als ob ich selbst sein Mörder wär',
Steht Tag und Nacht des Kindes Schatten.
Beim Kreuz! ich trag's nicht länger mehr!

Magnus.

Je nun — ich denk', Euch kann's nicht fehlen.
Ein hoher Herr wie Ihr — Gelegenheit
Lockt hie und da — Ihr hättet nur zu wählen.
Und sieht die Fürstin, daß für Euer Leid
Ihr Trost bei minder strengen Schönen sucht,
Gebt Acht, was Ihr der Liebe nicht verdankt,
Gewährt Euch flugs die Eifersucht.
Allein die Schwermuth, dran sie krankt,
Wenn ich Euch gut zum Rathen bin,
Wär' auch auf anderm Weg zu heben.

Herzog.

Ihr meint?

Magnus.

An Eurem Hof das Leben
Schleicht allzu klösterlich dahin.
Was hört denn auch die hohe Frau,

Als Predigten von frommen Leuten,
Die stets verhimmelnd nach oben deuten
Und malen die Welt ihr grau in grau?
Nun ist zwar mit dem Himmel nicht zu spaßen,
Doch auch die Erde will ihr Recht,
Und Eines thun, das Andre drum nicht lassen,
Die Weisheit sollte billigermaßen
Forterben von Geschlechte zu Geschlecht.
Drum, wär' ich Fürst, würd' ich geruhn
Kraft meiner Hoheit zu verfügen,
Sechs Tage soll man widmen dem Vergnügen,
Und dann am siebenten davon ruhn.

Herzog.
Doch sie, der Nichts vergnüglich däucht —

Magnus.
Es wär' auf Feineres nur zu sinnen,
Daran sie möchte Geschmack gewinnen,
Bis endlich dieser Trübsinn weicht.
Drei junge Gesellen traf ich an
Auf meiner jüngsten Wanderfahrt,
Begabt mit Künsten mancher Art,
Die sollten Erlaubniß nur empfahn,
Um Eure Hoheit sich verdient zu machen,
Bald würd' in Hof und Land ein Freudenlenz erwachen.
Wär'n überglücklich die drei Gesellen,
Meinem gnädigsten Herrn sich vorzustellen.

Herzog.
Hat nicht der Eine eben jetzt
Uns mit der Jagdmusik ergötzt?
Führt sie mir her!
(Graf tritt wieder ein, während Magnus sich durch die Galerie entfernt.)

Graf.

Die Frau Herzogin
Betet noch in der Grabkapelle.
Doch Eu'r Befehl wird auf der Stelle
Ihr kundgethan.

Herzog (unmuthig.)

So nonnenhafter Sinn,
Zu aller erlaubten Lust verdrossen —!
Das stell' ich ab, so wahr ich Herrscher bin.

Dritte Scene.

Vorige. Magnus (führt die drei Brüder herein).

Herzog.

Das also sind die jungen Kunstgenossen?
Wer ist von euch der Musikant?

Hans (tritt vor).

Herr Herzog —

Herzog.

Wie bist du genannt?

Magnus (rasch einfallend).

Mein gnäd'ger Herr, er nennt sich Ariel.

Herzog.

Wirst du auch ferner tüchtig dich erweisen,
Versichern wir dich unsrer Huld.
Wir lieben frische Tön' und Weisen,
Nicht ein Gesäusel, das in Schlummer lullt.
Deß sei gedenk. — Und Dieser hier?

Magnus.

Sein Nam'

Ist Michael.

Hinz (tritt vor).

Gnädigster Herr, mit Zagen

Tret' ich vor Euch. Was ich hier mit mir nahm,
Meine Künstlerschaft Euch zu erproben,
Ihr findet's wohl nicht sonderlich zu loben.
Doch ich verhoff', in künft'gen Tagen —

(Er hat ein nacktes weibliches Figürchen, das er in ein Tuch gehüllt im Arm
getragen, enthüllt und zeigt es vor.)

Herzog (nimmt es in die Hände).

Bei meinem Eid! ein Meisterstück!
Was sagt Ihr, Graf?

Graf.

Entzückend! Einzig schön!

Hab' Lebensvolleres nie gesehn.

Herzog (steht auf).

Das Werk ist mein, ich geb' es nicht zurück.
Nur thu mir kund, ob dies Gebild
Entsprungen einzig glüh'nder Phantasie,
Ob dir ein lebend Weib enthüllt
Den Himmelsreiz der schönsten Glieder.

Hinz.

Mein Fürst, auch was die Augen schauen,
Giebt unvollkommen unsre Hand nur wieder.
Wir bleiben tastende Stümper nur.
Wie dürften wir der Phantasie vertrauen,
Die von der göttlichen Vollnatur
So tief beschämt wird!

Herzog.
Also lebt dies Weib? —
Genug! Ich will nicht in dich dringen,
Willst du den Schatz im Dunkeln wahren.
(giebt ihm das Figürchen zurück.)
Und was hat dort der Dritte mir zu bringen
An edler Kunst und Zeitvertreib?

Magnus.
Herr, es ist Gabriel, der Poet,
In Fastnachtsspielen wohl erfahren,
In zierlichen Schwänken und Geschichten.
Ein Pröbchen gern zu Diensten steht.

Herzog.
Wohlan! Zeig, was du kannst im Dichten,
Doch nicht zu lang. Wir sind zur Jagd bereit,
Und harren nur der Herzogin.
Bis sie erscheint, kürz immerhin
Mit deinen Possen uns die Zeit.

Heinz.
Durchlaucht'ger Herr, wollt Ihr geruhn,
Mit einem Schwank vorlieb zu nehmen —

Herzog.
Wir lachen gern. Schon allzu lange nun
Mußten wir uns zum Ernst bequemen.
Fang an! (setzt sich wieder.)

Heinz.
Die Mähr vom alten Mann,
Der seinem Weib den Meister zeigen wollen,
Doch seinen Meister an ihr gewann.

Graf.

Haha! Der Titel schon zeigt an,
Daß wir ein fein Histörchen hören sollen.

Heinz.

In Mailand lebte vor langer Zeit —

.

Vierte Scene.

Vorige. (Von links) die Herzogin und ein Hoffräulein.

Herzog (steht auf).

Die Herzogin!

Herzogin.

Vieltheurer Herr, verzeiht,
Erst eben ward mir ausgerichtet —

Herzog.

Ihr kommt noch recht, um einen Schwank zu hören,
Den dieser fahrende Poet gedichtet.

Herzogin.

So kam ich wohl zu früh. Ich will nicht stören.
Ihr wißt, nach Schwänken steht mir nicht der Sinn.

Herzog (stirnrunzelnd).

Es brächt' Euch wahrlich mehr Gewinn,
Lerntet Ihr wieder ein herzlich Lachen,
Statt immer das Gramgesicht zu machen.
Ich wünsche, daß Ihr bleibt. (zu Heinz)
Wohlan,
Beginne neu!

Heinz
(der beim Eintritt der Herzogin in Verwirrung gerathen, in ihren Anblick
verloren gestanden hat).

Mein Fürst, nur aus Versehen
Begann ich, was ich schwerlich enden kann.
Gewiß, ich würde stecken bleiben —
Auch ist es wohl zu lang.

Herzog.

So geh, es aufzuschreiben.
Du sollst hinfort in meinem Dienste stehen,
Ihr alle Drei. Euer gnäd'ger Herzog bin ich:
(Die drei Brüder verneigen sich tief.)
Kommt, Herzogin!

Herzogin.
Wohin?

Herzog.

Zur Jagd.
Ward es Euch nicht schon angesagt?

Herzogin.
O mein Gemahl, ich bitt' Euch innig,
Erlaßt es mir!

Herzog (heftig).

Das Trauerjahr ist um,
Doch Ihr bleibt immer starr und stumm
Und scheucht in Eurem dunklen Kleid
Mir alle Lust und Fröhlichkeit.
Ich hofft', es sollte nun anders werden.

Herzogin.
Ich will in Worten und Geberden
Versuchen meinen Gram zu zwingen,
Auch wieder in lichtem Kleide gehn,

Und weil ich wünsch' Euch froh zu sehn,
Wird auch vielleicht zu lächeln mir gelingen.
Wohl kenn' ich des Gehorsams Pflicht.
Doch nur das Eine begehret nicht,
Daß ich, die der gewalt'ge Tod
Grausam des liebsten Glücks beraubt,
Soll schauen, wie in Sterbensnoth
Ein armes Reh zur Erde senkt sein Haupt.
Ich würde glauben in Schmerz und Grauen
Einen andern brechenden Blick zu schauen!
(bedeckt sich die Augen.)

Herzog
(will auffahren, Magnus tritt zu ihm, raunt ihm ein Wort ins Ohr).

Sei's drum! Für heut verzichten wir.
Doch nehmt der wackren Künstler hier
Euch freundlich an. Ihr könnt von ihren Gaben
Wohl hin und wieder Kurzweil haben.
Ihr liebt Musik. So neigt denn Euer Ohr
Dem Spielmann, den ich mir erkor.
Gehabt Euch wohl!
(Er nickt ihr zu, die sich zu fassen sucht, geht durch die Galerie ab, der Graf
und Magnus folgen ihm.)

Fünfte Scene.
Die Herzogin und die drei Brüder.

Herzogin
(steht einen Augenblick in sich versunken, thut dann einige Schritte nach links,
um abzugehen, bleibt wieder stehen).

Was war es doch,
Was mir mein Herr — fast hätt' ich es versäumt:
Die fremden Künstler — sie warten noch.
(wendet sich zu ihnen.)

Ich bin nicht eben aufgeräumt,
Doch sollt ihr mir willkommen sein,
Kann eure Kunst vom Trübsinn mich befrei'n.
Wer ist der Spielmann hier?

(Hans tritt vor.)

Seid Ihr's?

Ich sang einst selber zur Laute gern
In frohen Tagen; die sind nun fern.
Doch mein' ich, heilsam wäre mir's,
Ließt Ihr mich liebliche Weisen hören.
Mich suchen Gespenster heim zur Nacht,
Die oft mich um den Schlaf gebracht,
Vielleicht kann sie Musik beschwören.
Ich wüßt' Euch großen Dank. — (zu Hinz) Und Ihr?

Hinz.

Bildhauer bin ich.

Herzogin.
Zeigt auch mir,
Was meinem Herrn Ihr zugedacht.

Hinz (bestürzt).
O gnädige Fürstin, ein werthlos Ding —

Herzogin.
Ihr seid bescheiden. Nichts ist gering,
Was redliche Kunst hervorgebracht.

Hinz.
Wenn Ihr befehlt —

(Er beginnt, in höchster Verlegenheit das Figürchen aus dem Tuch zu wickeln,
läßt es absichtlich fallen, daß es am Boden zerbricht.)

Verwünschtes Ungeschick!

Herzogin.

O weh! Nun liegt's in Trümmern da.
Eu'r Unmuth geht mir wahrlich nah.

Hinz.

O es verdiente kein beßres Loos.
Dürft' ich nach Eurem Beifall ringen,
Das Schwerste sollte mir wohl gelingen.

Herzogin.

Wohl hätt' ich einen Wunsch, so groß —
Ich darf wohl nie Erfüllung hoffen.

Hinz.

Nennt ihn. Was meine Kunst vermag —

Herzogin.

Ich ward von schwerem Geschick betroffen,
Ein theures Kind bewein' ich Nacht und Tag.
Nun denk' ich oft, hätt' ich ein Bild,
Ihm gleichend an Gestalt und Zügen,
Die tiefe Sehnsucht, nie gestillt,
Ließ' hin und wieder in Ruh' sich wiegen,
Und sanft beschwichtigt wähnt' ich wohl,
Es sei zu meinem Trost erschienen,
Daß ich im Leide nicht vergehen soll.
Seid Ihr zu solchem Werk geschickt?

Hinz.

O gnäd'ge Fürstin, Euch zu dienen,
All meine Kräfte setzt' ich ein,
Hätt' ich das Herrlein einmal nur erblickt!

Herzogin.

Ich hab' ein kleines Täfelein,
Darauf ein Maler mit dürft'gen Strichen
Sein liebes Antlitz conterfeit,
Doch hat's ihm wunderfam geglichen.
Ich weiß' es Euch. Wenn es Euch glückt,
In Eurer Schuld dann bin ich allezeit.

Hinz.

Es wird mir glücken!

Herzogin (zu Hinz).

Und Ihr — Ihr steht
So ganz in Euch verfunken, Herr Poet?
Ich fürchte zwar, ich werd' an Euren Gaben,
Da Ihr auf lachende Hörer zählt,
So bald noch nicht Gefallen haben.
Einst hat mir nicht der Sinn gefehlt
Für heiterer Vers' und Reime Spiel,
Zumal italischem Land entsprossen.
Jetzt ist mir Ohr und Herz verschlossen
Für Alles, was mir einst gefiel,
Und mir im Ohr klingt immerfort
Nur jenes Eine Dichterwort:
Kein größrer Schmerz, als an entschwundnes Glück
Im Elend rückgedenken! — Kennt Ihr Den,
Der das gesagt?

Heinz (verwirrt).

Der große Florentiner —
Bisher — beschämt muß ich's gestehn —
Zu furchtbar mir, zu riesenhaft erschien er.

Herzogin.

Ihr seid noch jung. Kein Leidgeschick

Hat Eure Blüten abgestreift;
Doch wenn das Leben Euch gereift,
Fühlt Ihr des Wortes trostlos tiefen Sinn.

(versinkt in sich, blickt wieder auf.)

Lebt wohl! Kann ich, so arm ich selber bin,
Euch irgend hülfreich sein, gern will ich's thun.
Laßt's euch gefallen hier.

(Sie nickt ihnen freundlich zu und geht mit dem Hoffräulein nach links ab.)

Sechste Scene.

Die drei Brüder.

Hans (nach einer Pause).

Was sagt ihr nun?

Bei allen Göttern, ist dies nicht
Ein leerer Spuk, ein Traumgesicht,
So müssen wir's mit Dank erkennen,
Daß wir den Gottseibeiuns Vater nennen.
Sagt, ging's mit rechten Dingen zu,
Wie wir dem wüthenden Volk entronnen,
Hieher versetzt als wie im Traum?
Und da wir eine Woche kaum
Unser altes Wesen hier begonnen,
Im Hofdienst angestellt im Nu?
Hat da der Teufel nicht die Hand im Spiel,
Laß' ich mir heut noch die Platte scheeren.

Hinz.

Wir gelten bei dem Leibarzt viel.
Doch warum fiel's dem alten Kauz nur ein,
Uns andre Namen zu bescheren?

Hans.

Hans, Hinz, und Heinz klingt zu gemein.
Er will uns Hofessitte lehren.
(mit ironischer Geberde gegen Heinz)
Ich hoff', es wird dem neuen Ariel
Die Gunst der Herzogin nicht fehlen.

Heinz.

O welch ein Weib!

Hans.
Dich, Bruder Gabriel,

Schien ja ihr Anblick gänzlich zu entseelen,
Standst vor ihr wie ein blöder Narr,
Blicktest zu Boden stumm und starr,
Und Hinz, um sich nicht schämig zu verfärben
Wie'n blöder Schüler, warf mit Fleiß
Sein nackend Jüngferchen in Scherben.

Hinz.

's war eine Dummheit. Weiß nicht, wie's geschah,
Mich überlief ein kindisch Grauen,
Als diese Frau mir still ins Auge sah.
So pflegten Heilige auszuschauen
Und Göttinnen in sel'ger Heidenzeit.
Doch Weib ist Weib. Bis ich erfuhr,
Ob Blut in ihren Adern fließt,
Ob dieser Götterleib von Marmor ist,
Will ich nicht ruhn!

Hans.
Schwur gegen Schwur:

Ich weiche nicht von diesem Orte,
Eh' ich der Sehnsucht heißen Wunsch gestillt.
Zwar haß' ich Weiber dieser strengen Sorte,
4

Doch just ihr Kaltsinn macht mich wild.
Drum frisch ans Werk!

Heinz.
Ihr Sklaven der Begier,
Ihr Knechtischen!

Hinz.
Oho! was soll'n die Possen?

Heinz.
Hat euren stumpfen Sinnen hier
Sich nicht die Ahnung höhern Glücks erschlossen?
Wird diese Frau, die Hohe, Milde,
Vom heiligsten der Schmerzen nicht beschirmt,
Wie von demantenem Cherubsschilde,
Den selbst der Hölle Macht umsonst bestürmt?

Hans.
Hört, hört den trefflichen Sermon!
Zum Pfaffen ward der Teufelssohn.
Doch nur Geduld! Ich wett', in kurzer Frist,
Wenn er des Fastens überdrüssig ist,
Singt unser Vogel aus anderm Ton.
Bis dahin gönnt ihm das Vergnügen,
Zum Übermenschen sich emporzulügen.
(Sie wenten sich zum Abgehen.)

Siebente Scene.
Vorige, (hinter der Scene) Eva's (Stimme).
(Melodie des Liedes im Vorspiel.)
Nun singt und springt, nun jauchzt und trinkt,
Es blühen die Rosen im Mai.

Hinz.
Teufel! Wie kommt die Her' hieher?

Eva's Stimme.
Mit greisem Schopf und Wackelkopf
Ist Spiel und Tanz vorbei.

Hans.
Das Wettermädel!

Eva
(tritt in der Galerie von links auf, ein herzoglicher Diener folgt ihr).

Traléra, Tralei —
Und die Eve, die Ev' ist dabei.
Ja, ja, da ist sie, frank und frei!
(zum Diener)
Dank, guter Freund! Brauch' Euch nicht mehr.
(Diener ab.)
Wie? macht mein Anblick euch zu Stein?
Haha! Nein, seht ihr drollig aus!
Ich bin's leibhaftig, in Fleisch und Bein,
Und bring' euch Grüße von zu Haus.
(läuft zu Hinz, stellt sich dicht vor ihn hin.)
Du Stock, Du Tölpel! Hast verlernt,
Wie man Feinsliebchen muß begrüßen?
Konntest doch sonst recht tapfer küssen.
Nun?

Hinz.
Bin vor jähem Erstaunen starr.
Wie hast du dich nur von Haus entfernt?

Eva.
Auf meinen zwei Füßen, lieber Narr.
Es war nicht auszuhalten daheim,
Seit ihr vom Teufel euch holen lassen.

4*

Die Buben höhnten mich auf der Gaſſen,
Sangen mir nach einen Ekelreim,
Und da ein Handelsmann die Kunde bracht',
Er hab' euch hier zu Land getroffen,
Huſcht' ich euch nach. Hab' ich's nicht recht gemacht?
Du wirſt mich loben, will ich hoffen.
Nun führ mich flugs in dein Quartier.
Erſt will ich ſchlafen, dann will ich eſſen,
Hernach vertraulich plaudern wir.

(hängt ſich an ihn.)

Hinz (ohne ſich zu rühren).

Wie konnteſt du aller Zucht vergeſſen,
Mir nachzulaufen — und hier, ſo offen
Am Herzogshof — ihr Brüder, ſagt,
Kann hier wohl ihres Bleibens ſein?

Eva.

Den Beiden hab' ich nicht nachgefragt,
Es war mir nur um dich allein.
Doch du Abſcheulicher drehſt dich um?
Schämſt dich wohl mein? Sag es nur frei!
Es gilt mir gleich — traléra tralei!
Da iſt der Hans, der ging um mich herum
Schon lang wie die Katz' um den heißen Brei.

(läuft zu Hans hin.)

Da bin ich, Hänschen. Wir wollen lachen,
Dem kalten Klotz mit unſrer Liebe künftig
Recht ſiedend heiß die Hölle machen.

Hans (verlegen).

Kind, laß dir ſagen — ſei vernünftig!
Wir ſtehn in des Herzogs Dienſt ſeit heut,
Müſſen als reputierliche Leut'

Abthun das ungebundne Wesen,
Zumal auch die Frau Herzogin —
Sie ist gar streng —

Eva.
Nun immerhin!

Ich seh', ich bin nicht klug gewesen,
Zu bauen auf Männerlieb' und Treu',
Doch bin ich nun hier und will hier bleiben.

(Sie geht, den Kopf zurückgeworfen, auf den Sessel zu und läßt sich hinein-
fallen.)

Heinz.

Bist du von Sinnen? So ohne Scheu —
Des Herzogs Sitz — mit Schlägen wird man dich,
Landfahrerin, von hinnen treiben.

Eva.

Das wart' ich ab. Kümmert euch nicht um mich!
Will hier einstweilen ein Schläfchen machen.
Gute Nacht! (schließt die Augen.)

Hinz.
Du möchtst unsanft erwachen.

Da (greift in die Tasche) nimm dies Geld, all was ich habe,
Such dir eine Herberg. Bis zur Nacht
Hab' ich das Weitere dann bedacht.
Doch jetzt —

Eva
(stößt seine Hand zurück, daß die Geldstücke auf den Boden rollen).
Behalt deine Bettlergabe!

Will keine Gnade, mein Recht nur will ich.
Zum Herzog geh' ich, der soll entscheiden,
Ob mir geschieht, wie recht und billig
Nach dem, was vorging zwischen uns Beiden.
Der Fürst ist, hör' ich, ein gnäd'ger Mann —

Achte Scene.

Graf.

Wer ruft des Herzogs Gnaden an?

(Die Brüder stehen bestürzt. Eva steht ruhig auf.)

Eva.

Ich, edler Herr.

Graf.

Ha, das ist kühn!
Ein schönes Kind dort unterm Baldachin?
Wie kam sie her?

Hinz.

Aus unsrer Stadt, Herr Graf,
Ein Mädchen, das ich vor Zeiten traf,
Und da sie hübsch und wohlgebaut —

Graf.

Wo hab' ich dies Gesicht nur schon geschaut?
War's nicht — die zierliche Figur,
Die meinem Herrn so wohlgefiel?
Ha, recht! — (nähert sich Eva, faßt ihre Hand.)
Sprich, Kleine! Vertrau mir nur,
Was suchst du hier?

Eva.

O, gnäd'ger Herr, nicht Viel,
Nur eben Recht und Gerechtigkeit.
Man trieb mit mir ein schändlich Spiel.

Graf.

Nun, weine nicht. Du sollst noch heut
Zutritt erlangen bei unserm Herrn.

Was du auch bittest, er gewährt dir's gern;
Ich setze mein gräflich Wort zum Pfand.
Er ist gar huldreich. (zu den Brüdern)
                    Deß zum Zeichen
Hat er an euch mich abgesandt,
Euch diesen Beutel Golds zu reichen.
              (Hans und Hinz nehmen ihn in Empfang.)
Seine Diener sollen nicht Mangel leiden,
Auch, wie's bei Hofe Brauch, sich kleiden.
So theilt euch brüderlich darein. (zu Eva)

Eva (schmollend,
während die beiden Brüder langsam, mit einander lachend und flüsternd
abgehen).
Und ich soll mich dem hohen Herrn
In diesem schlechten Fähnchen zeigen?
Behüt' Euch Gott! (will fort.)

Graf (hält sie).
            Nein, das sei fern!
Wir wissen Perlen in Gold zu fassen.
Sollst dich schon dürfen sehen lassen!
              (faßt sie unters Kinn, spricht mit ihr.)

Heinz.
Ihr Himmlischen, wie ist mir denn geschehen?
Wie einem Träumer, der beim Morgenroth
Den glüh'nden Flammenball gesehn.
Wohin nun seine Tritte wanken,
Er sieht das Bild vor seinen Augen schwanken,
All' andre Farben grau und todt.
Du höchste, herrlichste der Frauen,
O wär' ich würdig zu dir aufzuschauen!
              (wendet sich zum Abgehen.)

Neunte Scene.

Magnus.

Wohin, mein junger Freund?

Heinz.

Hinaus,
In Wald und Feld mein glühend Herz zu kühlen,
Und bei des Wildbachs wüthendem Gebraus,
Das mir die Reuestimmen übertönt,
Meinen Unwerth minder schwer zu fühlen!

Magnus.

Mein Freund, Ihr scheint mir sehr verwöhnt.
Ich kam, Euch meinen Glückwunsch darzubringen,
Und hör' Euch Jeremiaden singen?
Mich dünkt, Ihr dürft Euch nicht beklagen:
An Euren Schwänken hat der Fürst Behagen,
Und die Frau Fürstin — eben jetzt
Hat sie geruht, sehr gut von Euch zu sprechen;
Ich glaube selbst, daß sie Euch höher schätzt,
Als Eure Brüder.

Heinz (freudig).
Wie? Ihr meint —?

Magnus.

Vielleicht
Ließ sie von Eurem Aeußern sich bestechen,
Womit man viel bei edlen Frau'n erreicht.
Stimmt Eure Leier nun zu holden Weisen,
Vergeßt vor Allem nicht, die Tugend hoch zu preisen,
Und seid gewiß, Euch blüht's, in ihrer Gunst
Die höchste Staffel zu erklimmen.

Heinz.

O könnte meiner schwachen Kunst
Das je gelingen!

Magnus.

Macht mich nicht ergrimmen
Durch alberne Bescheidenheit,
Da von den Schwesterkünsten allen
Die mächtigste Euch zugefallen:
Die Kunst des Worts. Sein leiser Klang
Schleicht unentrinnbar in die Seelen,
Und ob ihm auch die gröbern Reize fehlen,
Es nistet tief sich ein in dunkler Haft,
Und eh' man's ahnt, entfacht es Flammen
Der himmelhohen Leidenschaft,
Den Menschen zu besel'gen, zu verdammen.

Heinz.

Ich dank' Euch, werther Herr! Fürwahr,
Dies Alles ist so neu, so wunderbar —
Entlaßt mich! O, mein Busen ist so voll —

Magnus.

Nun, so entladet ihn, und gnad' Euch Gott Apoll!
(Heinz ab.)

Graf (zu Eva).

Nun komm!
Eva (Magnus erblickend).
Wer ist der schwarze Mann?

Graf.

Des Fürsten Arzt. Was staunst du so ihn an?

Eva.

Den hab' ich schon irgendwo gesehn.
Doch wo nur war's?

Graf.

Komm! Laß uns gehn!

Eva
(im Abgehen immer nach Magnus zurückblickend).

Ich weiß doch, was ich weiß!

Graf.

Du bist nicht klug.

Magnus

Ein altes Wort, man sagt's mit Fug:
Das Gleiche wird erkannt vom Gleichen nur;
So ich von diesem jungen Weibe.
Wie käm' sie sonst dem Teufel auf die Spur,
Hätt' sie den Teufel nicht im Leibe?

(Vorhang fällt.)

Zweiter Akt.

Saal in einem Gartenhaus, zur Bildhauerwerkstatt eingerichtet, in alterthüm=
licher Einfachheit. Eine große Glasthür im Hintergrunde, eine kleinere
Thür links. Rechts eine mit einem Tuch verhängte lebensgroße Knaben=
statue, mehr nach vorn auf einem Modellierpostament eine weibliche Büste
in Thon. Links ein niederes Ruhebett. Rechts im Hintergrunde ein paar
alte Sessel. An den Wänden Hirschgeweihe, einige alte Bildnisse der
herzoglichen Familie.

Erste Scene.

Michael (an der Büste arbeitend), Ariel (auf der Ruhebank sitzend).

Ariel

(den Kopf in die Hände gestützt, vor sich hin brütend, blickt wild in die
Höhe, wirft seinen Hut an die Erde).

Verwünscht der Tag, verflucht die Stund',
Da ich dies Land zuerst erblickt!

Michael (der ruhig fort modelliert).

Was hast du, das dich nagt und zwickt?
Mich dünkt, wir hätten guten Grund,
Unser günstig Gestirn zu loben.
Was fehlt dir hier?

Ariel.

Du fragst? Bringt dich's denn nicht
Zum Rasen, dies hochmüthige Gesicht,
Kalt, wie der Mond am Himmel droben,

Und fingerst noch daran herum,
Und immer bleibt es todt und stumm?

Michael.
Bin leider kein Pygmalion,
Allein kommt Zeit, kommt Rath.

Ariel.
                Drei Wochen schon
Dies Höflingsleben fortgesponnen,
Und keinen andern Dank gewonnen,
Als höchstens nur ein gnädig Nicken,
Tritt sie heraus aus ihrem Schloß
Und sieht mich unter dem Dienertroß!

Michael.
Soll sie dich gleich an den Busen drücken,
Du eitler Fant?

Ariel (aufspringend).
                Doch in der nächsten Nacht
Will ich das Glück beim Schopfe fassen.
Der Teufel wird den Sohn, den er gemacht,
Nicht rabenväterlich im Stiche lassen —
Im Garten, am Spalier hinauf —
Ihre Balkonthür drück' ich auf —
Und dann — und dann —

Michael (phlegmatisch).
                Und glaubst du dann,
Daß hohe Damen es je verzeihen,
Sieht man als leichte Beute sie an?
Durch zwei handfeste Lümmel von Lakayen
Wirst höflich du hinausspedirt
Und morgen als ein armer Schächer,

Ein Tempelschänder, Majestätsverbrecher
Vom Herrn Gemahl justificirt.
Nein, theurer Sohn, da fang' ich's klüger an.
Heut kommt der Herzog mit seiner Frauen,
Des Knäbleins Standbild zu beschauen,
Und sieht er, daß ich hier begann,
Der Fürstin Bildniß insgeheim zu kneten,
Will mit der Bitt' ich vor ihn treten,
Daß sie mir ein' und andere Sitzung gönne,
Auf daß ich sorgsam es vollenden könne,
Und dann — und dann —

Ariel (aufgeregt).
Was hast du vor?

Michael.

Was mir schon oft geglückt, du Thor.
Die Besten auch zu aller Zeit
Gehn in die Falle der Eitelkeit.
Wie manchem tugendlichen Weib
Hab' ich Entzücken vorgeheuchelt
Und ihren schlanken Götterleib
Aus seinem Futteral herausgeschmeichelt.
Und fühlt sich erst die schwache Creatur
Als Meisterstück der schaffenden Natur —
Das Weitre —

Zweite Scene.

Vorige. Eva (einen Blumenstrauß in der Hand, erscheint in der Gartenthür).

Ariel.
Laß dir das vergehn,

Ich rath' es dir! (ballt die Faust.)

Michael.

Ei nun, wir werden sehn.
Wer wagt, gewinnt. Versuch dein Glück doch auch!
Ich will's auf meine Art probieren.

Ariel.

Wo du nicht schwörst, verdammter Gauch,
Die hohe Frau nicht anzurühren —
(faßt ihn am Wamms.)

Michael (ringt mit ihm).

Die Hand von mir!

Ariel.
Den mach' ich kalt,
Der mir in Weg tritt!

Michael.
Rasest du?
Laß los!

Eva (vortretend).
Haha! Hier geht's ja lustig zu.
Laßt euch nicht stören. Zu Zeiten ist
Erfrischend so ein kleiner Zwist,
Zumal um eine schöne Frau;
Doch unter Brüdern nimmt man's nicht genau.
Geht, ihr seid Narren alle Zwei!
(tritt vor die Büste.)
Das also ist ihr Conterfey?
(zuckt die Achseln.)
Wär' ich ein Mannsbild, jung und frisch,
Um solch ein Klosterfrauengesicht,
Solch kalten Fisch
Den kleinen Finger rührt' ich nicht!

Du hattest sonst doch Augen im Kopf,
Und willst um solch Gespenst, du Tropf,
Deinem alten Liebchen den Laufpaß geben?
's ist toll!

Michael.

Es scheint doch, um Ersatz
Warst nicht verlegen.

Eva
(sich auf dem Absatz herumdrehend).

Freilich nicht, mein Schatz.
Zu albern wär's, dir nachzuweinen.
Lange Treue verkürzt das Leben.

Ariel.

So ist es wahr? Du bist im Reinen
Mit hohen Herrn?

Eva.

Glaub's immerhin,
Brauch' dir's nicht auf die Nase zu binden,
Möchte nur gerne was erfinden,
Einen Tort zu thun dieser Herzogin,
Die, komm' ich irgend ihr in die Quer',
So rümpft die Lipp' und Augenbrauen,
(macht es ihr nach.)
Als ob ich ein giftig Unkraut wär'.
Und läßt sie nur einmal sich herab,
Einen Fastnachtsschwank mitanzuschauen,
Drin ich einen Part zu spielen hab'?
Ihre Tugend, wahrlich, kränkt' es nicht,
Denn euer Heinz, der Hofpoet,
Seit er in Herzogsdiensten steht,
Ist streng auf Ehrbarkeit erpicht,

Streicht jedes freie Wörtchen aus,
Möcht' gar noch pred'gen im Schauspielhaus;
Und über mich sieht er so hin,
Als wär' ich, weil ich verliebt mitunter,
Eine gottsträfliche Sünderin.
Aber so wahr ich das Evchen bin,
Die Maske reiß' ich ihm herunter,
Dem scheinheiligen Widerwart,
Der, wenn er jetzt den Frommen spielt,
Heimlich nur auf das Eine zielt,
Ganz sachte sacht nach Schlangenart
Die Gunst der Herzogin zu erschleichen.
Ich hass' ihn und alle Seinesgleichen!

(setzt sich auf das Ruhebett.)

Ariel.

Solltst lieber Mitleid mit ihm haben.
Der blöde Träumer wird Nichts erreichen
Trotz seiner hohen Dichtergaben.
Wo hast du die schönen Blumen her?

Eva
(fängt an einen Kranz zu flechten).

Im Garten wachsen ihrer mehr.

Ariel.

Der Herr Hofgärtner wird dich bedeuten.

Eva.

Der soll's nur wagen! Was mir gefällt,
Das pflück' ich. Mir steht nun just der Sinn
Nach einem Kranz.

Dritte Scene.

Vorige. Gabriel (durch die Mitte, sehr aufgeregt).

Die Frau Herzogin!
Sie kommt hieher!

Eva.

Die kommt ja wie bestellt.
(steht auf, die Blumen in ihrem Kleide zusammenraffend.)
Hans, auf ein Wort!

Michael.

Wie? habt ihr Heimlichkeiten?

Eva
(die leise mit Ariel gesprochen, der sich weigert).

Du thust's! Du mußt! Es giebt 'nen Spaß!

Gabriel
(kommt in den Vordergrund).

Wie kommt die Katz' hieher?

Eva.

Was schiert dich das?
An Katzen findet Mancher Wohlgefallen.
Doch wenn es Euch Vergnügen macht,
So will ich gehn. Nur nehmt Euch sein in Acht;
Denn, schöner Freund, die Katzen haben Krallen.
(Sie läuft durch die Thüre links hinaus.)

Gabriel (zu Michael).

Sie kommt! Der Herzog kommt mit ihr —
So hohe Gunst erweis't sie dir!
Deine Werke will sie betrachten,
Du Glücklicher, und ich, der nichts vollbracht,
Was sie erfreut, muß trostlos Tag und Nacht
Nach einem güt'gen Blicke schmachten.
Da ist sie!

5

Vierte Scene.

Vorige. Der Herzog (führt die) Herzogin (an der Hand herein, ihnen folgt) der Graf und ein Hoffräulein.

Herzog.

Seib gegrüßt in Huld,
Ihr jungen Meister. Seit ihr erschient
An unserm Hof vor wenig Wochen,
Ist hier ein frisches Leben angebrochen.
Ihr macht euch wohl um uns verdient,
Und gerne stehn wir in eurer Schuld.

(zu Ariel)

Auf Markt und Gassen, in Schenk' und Haus
Vernimmt man wieder muntre Klänge
Und statt der heisern Bußgesänge
Der Reigen frohen Saus und Braus.

(zu Gabriel)

Dir, Freund Poet, sind wir zu Dank verpflichtet,
Daß du mit Schwänken uns erheitert hast,
Den Geist, gebeugt durch der Geschäfte Last,
Zum Frohsinn wieder aufgerichtet.
Fahr nur so fort, der Welt zu Nutz und Frommen!

(zu Michael)

Nun aber sind wir hergekommen,
Zu sehn, was unser Bildner schafft.

(erblickt die Büste.)

Ha, meine Frau!

Michael.

Aus dem Gedächtniß nur.

Herzog.

Und doch schon kräftige Lebensspur.
Was sagt Ihr, Graf?

Graf.
Entzückend! Meisterhaft!

Michael.

Das Werk schon anders glücken sollte,
Wenn die durchlaucht'ge Frau Herzogin
Die hohe Gunst mir gewähren wollte
Und in Person hier säße vor mich hin,
Ein Stündlein nur.

Herzog.
Das soll geschehn,

Nicht wahr, Elisabeth? Zunächst jedoch
Laß uns das Bild des Kindes sehn.

Michael
(entfernt die Tücher. Die Herzogin sucht ihre Bewegung zu bezwingen).

Mein Fürst, 's ist unvollendet noch.
Das Beste thut die letzte Hand.
Woll't Nachsicht üben. (Die Statue wird sichtbar.)

Herzog.
Dies ist Zauberei.

Auf hundert Schritt hätt' ich's erkannt.
Du sahst ihn nie? Das kleine Conterfey
Genügte dir? — Elisabeth,
Sagt, ob er nicht leibhaftig vor uns steht!

Graf.

Getroffen ist er, Zug für Zug!

(Die Herzogin, von ihrem Gefühl überwältigt, wankt. Gabriel, der sie nicht aus den Augen gelassen, hat eilig einen Sessel herbeigeholt, auf den sie niedersinkt.)

Nur, darf ich meinem Auge trauen,
Das rechte Bein scheint mir nicht schlank genug,
Auch sollte das Auge muntrer schauen.

5*

Michael.

Ich meint', es müsse den Blick erheben,
Wie schon von Himmelsglanz verklärt.

Herzog.

Man sieht ihm an sein letztes Leiden.
Stell ihn uns lieber dar im frischen Leben,
Wie wir ihn sahn auf seinem kleinen Pferd.
Doch unsere Fürstin mag entscheiden.

Michael.

Das Werk mißfällt der Herzogin;
Sie schweigt!

Herzogin
(blickt auf, trocknet sich die Augen).

            Wollt Ihr noch andern Dank,
Als daß ich, da die Hülle sank,
In tiefster Brust erschüttert worden bin?
Ihr habt mir ein Geschenk gegeben,
Und böt' ich Euch all meine Habe,
Ich wäre zu arm zur Gegengabe!
(betrachtet unverwandt das Knabenbild.)

Gabriel (tritt vor).

Und ich, o Herrin, wenn ein Jeder dir
Das Beste bringt, was er vermag,
Mit leeren Händen stünd' ich hier,
Und hätte nichts, was dir zum Troste wär',
Und was ich fühle, käme nicht zu Tag?
(da die Herzogin eine Bewegung der Abwehr macht)
O hört mich an!

Herzogin.

        Von meinem Herzen
Ist nicht so leicht die Schwermuth wegzuscherzen.

Gabriel.

Verdammt mich nicht zu rasch und schwer.
Nur weil es unserm Herrn gefiel,
Stellt' ich ihm dar manch leichtes Possenspiel,
In wilder Jugend einst ersonnen.
Doch seit ich Euch zuerst geschaut,
Hat mir ein neuer Lebenstag begonnen.
Eure Stimme, wie der Lerche Laut,
Erweckt' in meines Herzens Tiefen
Gefühle, die in dumpfer Ohnmacht schliefen,
Und wie einst Dante, streng und fromm,
Nachdem er schritt durch Höllenschlünde,
Empor den Berg der Läutrung klomm,
So hoff' ich aus dem Pfuhl der Sünde
Hinaufzutauchen in das reine Licht,
Das Euch umfließt.

Herzogin (ihn mit Theilnahme betrachtend).
Versteht Ihr nun
Des strengen Meisters göttliches Gedicht?

Gabriel.

Es ließ mich jenes Wort nicht ruhn,
Das Euch so wahr erschien in Eurem Leid:
Kein größrer Schmerz, als in betrübter Zeit
Verlornen Glückes zu gedenken.

Herzogin.

Ihr zweifelt dran?
(Magnus erscheint auf der Schwelle des Gemachs.)

Gabriel.
Wollt Ihr Gehör mir schenken?

(Sie nickt leicht vor sich hin, den Kopf in die Hand gestützt. Der Herzog
hört einige Augenblicke zerstreut zu, wendet sich dann zu Michael und spricht

leiſe mit ihm. Ariel hat ſich an den Grafen gewendet, ihn etwas gefragt.
Dieſer tritt zum Fürſten, berichtet ihm, der Herzog nickt, ſpricht dann weiter
mit Michael. Ariel eilt durch die Thüre links hinaus.)

Gabriel.

Den höchſten Schmerz kennt einzig nur,
Wer nie ein reines Glück erfuhr,
Der Liebeloſe, der an den Gaben,
Die ihren Lieblingen Natur verſchenkt,
Nie ſeinen Pflichttheil ſollte haben.
Wen keiner Mutter Bruſt getränkt,
Nie eines Vaterauges Licht
Auf irrem Lebenspfad gelenkt —
Die reine Luſt der Jugend kennt er nicht,
Ein Findling, Keinem angehörig,
Wer lehrt ihn Güte, Liebe, Pflicht?
Auch er, der Wildling, wäre wohl gelehrig,
Doch nimmt ihn nie in ſanfte Zucht das Glück,
Und ſeinen Lüſten folgt er toll und thörig.
Dann kommt ein Tag, da ſteht vor ſeinem Blick
Was einzig werth, daß es ſein Herz begehrte,
Doch vor dem Sünder weicht es ſcheu zurück.
Wer das erlebt hat, der Bejammernswerthe,
Der mag wohl ſagen, ewig hoffnungslos,
Daß er den tiefſten Kelch des Elends leerte.
Doch wer ein Glück genoſſen, rein und groß,
Gab er's auch früh der dunklen Macht zurücke,
O überſchwänglich köſtlich fiel ſein Loos!
Stehſt nicht auch du mit dem verlornen Glücke
Hoch unantaſtbar über Zeit und Leid?
Und wendeſt du nach innen nur die Blicke,
Lebt nicht dein Kind in aller Lieblichkeit
In deinem Herzen? Iſt ſein junges Haupt
Nicht gegen alles Erdenweh gefeit?

Vergänglich Jrb'jches nur ward dir geraubt,
Das Ew'ge blieb! Und du —

Herzog (wieder nach vorn kommend).
Elisabeth!
Herzogin
(fährt auf, wie aus einem Traum erwachend, wendet sich dann zu Gabriel).

Man stört uns leider, wie Ihr seht.
Ihr habt mir innig wohlgethan.
Ich möchte wohl dies ernste Trostgedicht
Geschrieben von Eurer Hand empfahn,
Es oft zu lesen. Vergeßt es nicht!
(reicht ihm die Hand, die er ehrfurchtsvoll küßt, steht auf.)
Es ist wohl Zeit; so gehen wir!

Herzog.
Die Künstler wünschen ein Schauspiel hier,
Uns zu ergötzen, vorzustellen.

Herzogin.
Ein andermal!
Herzog.
Ihr kränktet sehr
Die guten trefflichen Gesellen.
Da ins Komödienhaus bis jetzt
Ihr eigensinnig keinen Fuß gesetzt,
Bringen das Spiel sie zu Euch her.
So seid Ihr ihnen zu Dank verpflichtet.
Bitt' Euch, nehmt Platz.
(Er führt sie zu den zwei Sesseln, die Michael inzwischen hinter ihnen zu=
recht gestellt hat, so daß sie nach links hinüberschauen.)

Herzogin (halb widerstrebend).
Wißt Ihr, was es betrifft?

Herzog.

Der Stoff ist aus der heil'gen Schrift.
Hier unser Gabriel hat's gedichtet.

(Er nöthigt sie, zu sitzen, setzt sich neben sie.)

Gabriel (bestürzt zu Michael).

Was geht hier vor?

(Michael zuckt die Achseln, Eva tritt herein.)
Gefangen in der Falle!

Sie läßt mich fühlen die Katzenkralle!

Fünfte Scene.

Vorige. Eva (von links, bekränzt, die Schultern stark entblößt, kommt
mit Geberden des Schmerzes näher, läßt sich auf das Ruhebett fallen;
dann) Ariel.

Eva.

O weh mir unglückfel'gem Weib!
Was hilft mich mein schön junger Leib,
Meine Aeuglein hell, der Wänglein Zier —
Der, den ich meine, flieht vor mir!
Deß muß ich Tag und Nacht mich grämen,
Kann mein Verlangen nicht bezähmen,
Und wird kein Ende meiner Pein,
Sink' ich ins frühe Grab hinein.
Doch muß ich leider für meinen alten
Kahlhäuptigen Gatten mich erhalten;
Der überlebte mein Sterben nicht.
Darum gebeut's mir meine Pflicht,
Den Liebsten, den ich mir ausersehn,
Um Gegenliebe anzuflehn,
Da König Pharao über Land
Meinen Ehgemahl hinweggesandt.

Herzogin (wird unruhig, will aufstehn).

Erlaubt —

Herzog (hält sie zurück).

Nein, bleibt! Es wird mir klar,
Die Schöne dort ist Dame Potiphar.
Ihr werdet's wahrlich nicht verschmähn,
Was im Buch 'Mose steht geschrieben,
Leibhaftig dargestellt zu sehn,
Zumal die Tugend hier so wunderbar
Als Siegerin soll von dannen gehn.

Gabriel (erregt).

Woll' es meinem gnädigen Herrn belieben,
Das lose Spiel zu untersagen, —
Eine Jugendsünde, längst bereut.

Herzog.

Nicht doch. Es will uns just behagen,
Mehr als die Verse, die du heut
Mit düstrem Feuer declamirt.
Die Spielerin ist schön geziert
Und Junker Joseph traun ein Held,
Wenn er nicht diesmal aus der Rolle fällt.
Still! Sie fährt fort.

(Die Herzogin wendet sich ab und blickt vor sich hin.)

Eva.

Ich rief ihn doch — was zaudert er?
O Gott der Liebe, schick ihn her,
Laß mich in seinen Armen ruhn,
Will dir mit Opfern Genüge thun,
Ob er auch nur ein jüdischer Mann,
Wenn ich meinen Wunsch nur stillen kann.
Da kommt er!

(Ariel tritt ein, in einen rothen Mantel gewickelt.)

Bist du endlich da?
Komm her! — Nur näher! — Nur ganz nah!
Setz dich aufs Ruhebettlein hier.

Ariel.

O Herrin, nicht geziemt' es mir!
Ihr seid die Frau und ich der Knecht.

Eva.

Wenn ich's nun will, so ist es recht.
(Ariel setzt sich möglichst weit von ihr auf den Rand des Ruhebetts.)
Joseph, ich weiß seit langer Frist,
Daß du von Herzen mir feindlich bist.
Ich bin so tödtlich dir verhaßt,
Daß dich ein kaltes Graun erfaßt,
Triffst du von ungefähr mich an.
Was hab' ich dir zu Leid gethan,
Da ich dir allzeit war gewogen?

Ariel.

Herrin, wer hat Euch so betrogen?
Was thatet Ihr mir je zu Leid?
Auch hab' ich wahrlich keine Zeit
Zum Hassen weder noch zum Lieben.
Ihr wißt, ich bin von Haus vertrieben,
Verkauft in niedern Sklavenstand
In dieses heiße Egypterland,
All meinen Freund' und Sippen fern.
Doch ist für meinen güt'gen Herrn
Keine Müh' und Arbeit mir zu viel.

Eva.

Den güt'gen Herrn laß aus dem Spiel;
Hier ist nur deine güt'ge Frau.

Betracht sie doch einmal genau.
Ist sie denn gar so ein garstig Weib?
Sind Stacheln diese goldnen Haar'?
Fühl nur! (ergreift seine Hand und führt sie nach ihrem Haar.)
                  Und dieses Wangenpaar
Ist's welf und runzlig oder zart?
Fühl nur! Und ist nach Schlangenart
Beschuppt der Hals, die Schultern rund,
Nicht süß und schwellend dieser Mund?
Fühl nur! (Sie neigt sich zu ihm und küßt ihn.)
            (Die Herzogin steht auf.)

Herzog.
        Was ist Euch?

Herzogin.
                Hier im Haus
Ist dumpfe Luft. Ich will hinaus.

Herzog (erhebt sich gleichfalls).
Ihr stört das Spiel.

Herzogin.
            Laßt Euch nicht stören,
Wenn es Euch denn Ergötzen schafft,
Unzüchtige Reden anzuhören.

Herzog (leise, mit mühsam verhaltenem Zorn).
Ihr bleibt! Bei meinem Eid, ich duld' es nicht,
Daß eine Laune räthselhaft
Harmlose Kurzweil unterbricht.

Herzogin.
Das Spiel enthüllt die innerste Natur.
Ein Blick auf diese Dirne zeigt,

Daß sie im Ernst auch nicht geneigt,
Verbuhlter Künste sich zu schämen.

Herzog.
Ha, das geht weit! So unverblümt
Mir ins Gesicht —! Das Wort, das Euch entfuhr,
Ersuch' ich Euch zurückzunehmen.

Herzogin (wendet sich ab).
Ich weiß, was meiner Würde ziemt.
Entlaßt mich!
Herzog.
Nein, Ihr dürft nicht fort,
Eh Ihr dem Mädchen, das Ihr schwer gekränkt,
Ein freundlich Wort der Huld geschenkt.
(Eva und Ariel sind aufgesprungen.)
Mir schuldet Ihr's. Bei meinem Herzogswort!
(stampft mit dem Fuß.)
Zu End' ist meine Langmuth. Seht,
Wie sie von Schamglut übergossen steht.

Herzogin.
Scham! dies Geschöpf!
(Pause.)

Eva (tritt demüthig vor).
Mein gnäd'ger Fürst, verzeiht,
Ich seh', daß Ihr nicht in der Laune seid,
Ein muntres Spiel mitanzuschauen,
Und Eurer hochdurchlaucht'gen Frauen
Mißfällt vielleicht mein luftig Kleid.
Ich wählte mir's nicht nach Belieben,
In meinem Part steht's vorgeschrieben,
Da, wie Ihr wißt, Frau Potiphar

Ein arges Weib und keine Heil'ge war.
Für ihre Sünde will ich nun
In Sack und Asche Buße thun.
Seinen Mantel soll mir Joseph leihn,
Er hätt' ihn mir ja doch gelassen.
Ich wickle mich ganz tugendlich hinein
Und wandle züchtig durch die Gassen.
Das Kränzlein auch auf meinem Haupt
Zu tragen ist wohl unerlaubt.
Ich könnte damit den Dichter kränzen,
Der aber wendet sich grollend fort.
So mag es denn unschuldig glänzen
Auf jener Knabenstirne dort.

(Sie ist rasch zu der Statue getreten und hat ihr den Kranz aufgesetzt.)

Die Herzogin

(fährt zusammen, tritt dann zu der Statue, reißt ihr den Kranz vom Haupt, läßt ihn fallen und streckt die Hand gegen Eva aus, die bestürzt zurückweicht).

Zurück von ihm!

Herzog.

Elisabeth! Ha, das —

Herzogin.

Auch nur sein leblos Bild aus Stein
Soll nicht entehrt durch einen Zierath sein,
Den eine Gauklerin besaß.

(Pause. Der Herzog sucht nach Worten.)

Magnus

(tritt rasch zum Herzog).

Gnädigster Fürst und Herr, erlaubt —
Die hohe Frau (leiser, mit Geberde)

— ich fürcht', in ihrem Haupt —

(tritt auf die Herzogin zu.)

Meiner Fürstin scheint nicht wohl zu sein.

Vergönnt mir, einen Heiltrank zu bereiten,

In Euer Gemach Euch zu geleiten.

(Er streckt die Hand nach der ihren aus.)

Herzogin

(sieht ihn fest an).

Ich finde meinen Weg allein.

(Sie schreitet ruhig durch die Umstehenden, die bestürzt zur Seite weichen.)

(Vorhang fällt.)

Dritter Akt.

Zimmer der Herzogin. Im Hintergrund und rechts Thüren, links eine breite Glasthür, die einen Balkon verschließt. Daneben ein Ruhebett. Nacht. Auf einem Tischchen ein Armleuchter mit drei brennenden Kerzen, dabei ein Sessel.

Erste Scene.

Herzogin (steht mitten im Zimmer) Magnus (neben ihr).

Magnus.

So thu' ich denn dem Herzog kund,
Der Sorge mög' er sich entschlagen,
Ihr fühltet Euch durchaus gesund.
Doch, hohe Fürstin, laßt mich's offen sagen:
Mich will bedünken, Ihr nehmt's zu schwer,
Daß Eu'r Gemahl, wie junge Fürsten mehr,
Zuweilen ritterlich und müßig
Ein Stündlein mag mit art'gen Kindern tändeln.
Stört man ihn nicht in solchen kleinen Händeln,
Bald wird er ihrer überdrüssig.
Ein Tropfen nur von solchem leichten Blut
Thät' auch wohl Eurer Hoheit gut,
Und Eu'r Gebieter —

Herzogin.
Schweigt! Wagt Ihr zu mir
Ein solches Wort? Wißt Ihr, was Ihr mir schuldet?

Zu lang schon hab' ich Euch geduldet.
Hinfort nie ungerufen zeigt Euch hier!
Rath nehm' ich an für meine Thaten
Von Gott allein und meinem Gewissen.

Magnus.

Möchten sie stets Euch wohl berathen,
So könnt Ihr andre Weisheit missen.
Nur Eines laßt mich frei bekennen:
Ich weiß kein ungewisser Ding,
Als was die Pfarrer das Gewissen nennen.
Sie sagen, daß es Macht empfing,
Den Katechismus einzuschärfen,
Den Willen streng zur That zu lenken.
Doch wird's nicht selbst regiert von Blut und Nerven?
Ja, während wir ihm unterthänig lauschen,
Steht's manchmal nicht im Bann von feurigen Getränken,
Die fein sophistisch Bös und Gut vertauschen?
Ich selber zwar erforschte nur
Geheimnisse der leiblichen Natur,
Nicht das verzwickte Faserwerk der Seele,
Und lebt in ihr gottähnlich eine Kraft,
Mir blieb sie immer räthselhaft —
Womit ich denn zu Gnaden mich empfehle.
(Er verneigt sich mit lauerndem Lächeln und geht durch die Thür im Hinter-
grunde ab.)

Zweite Scene.

Herzogin
(allein. Sie steht unbeweglich, blickt vor sich hin).

Der Tiefverhaßte! Wie in seiner Nähe
Mir jede gute Regung sich verwirrt,
Daß mir das Heiligste verdunkelt wird

Und ich mein eigen Herz nicht mehr verstehe!
Ich will nicht ruhn, bis er vom Hof entfernt.
Doch mein Gemahl —

        — ach, weiß ich nicht zu gut,
Daß er die Lehre vom leichten Blut
In dieser Schule nur gelernt?
Und jetzt —

(richtet sich auf, geht umher.)

      Ich will's nicht denken mehr! 's ist wahr,
Den Großen scheint's ein läßliches Vergehn.
Und prüf' ich mich, muß ich mir nicht gestehn,
Daß mehr mein Stolz beleidigt war,
Als meine Liebe? War's doch wundersam,
Daß alle Liebeskraft, die in mir glühte,
In seinen Sarg mein Knabe mit sich nahm
Und ich mit fröstelndem Gemüthe
Auch meinem Gatten mich entzog.
Kann ich ihm gram sein, daß er Freuden
Bei Andern sucht, um die ich ihn betrog?

(Ihre Kammerfrau tritt von rechts ein.)

Geh nur zu Bett. Ich will mich selbst entkleiden.
Gute Nacht!

(Kammerfrau ab.)
(Sie geht an den Balkon, öffnet das Fenster.)

      Wie dort die Wolken jagen,
Vom hastigen Nachtwind fortgetragen!
Der Sturm in mir hat ausgetobt.
Eine süße Stille webt in meinem Innern,
Ein dämmernd wonnereich Erinnern
An das verlorne Glück. Fürwahr,
Des jungen Dichters Trost hab' ich erprobt:
Mein eigen bleibt, was mein einst war!

(Sie steht in sich versunken.)

Er hat ein gutes, trauriges Gesicht.
Unglücklich ist er, unedel nicht,
Und hat in jungen Jahren
Nie einer Mutter Lieb' und Zucht erfahren.
Ich wollte, daß er mein Bruder wär'!
Er müßte mir all sein Leiden beichten
Und trüge nicht nach anderm Trost Begehr,
Als den ihm Schwesterhände reichten.
Das sind so Träume! Ich muß sie verschlafen.
Wie wenig können sich Menschen sein,
Die auf geschiedener Bahn sich trafen! — —

Es weht vom Garten so schwül herein.
Mein Kopf ist wirr, meine Brust beengt.
Ob wohl auch er jetzt an mich denkt?
Er ist so anders, als seine Brüder,
Und doch, ich wollt', ich säh' ihn niemals wieder.
Es ist vielleicht nicht gut; ich lade
Mein Unglück noch auf sein Gemüth.
Es wär' um seine schöne Jugend Schade.
Mein Frühling ach, ist abgeblüht,
Wie lange schon! — Ich sah es heut genau
Im Spiegel: meine Stirn hat Falten;
Bald bin ich eine alte Frau. —
Das wär' das Leben? Viel, was es versprach,
Hat es bisher mir nicht gehalten!
'ist besser wohl, ich denke dem nicht nach.

(Im Garten unten beginnt eine leidenschaftliche Geigenmelodie.)

Da läßt mein Ariel sich hören.
Musik soll diesen Trübsinn mir beschwören,
Sonst blieb' ich heut wohl lange wach.
Er singt!

(singt unter dem Balkon).

Die Nachtigall
Mit sanftem Schall
Was flötet sie im Maien?
„Zifüth, zifüth!
Wo Liebe blüht,
Ist süß die Nacht zu Zweien."

                    Herzogin.
Was singt er?

            Ariel's Stimme.
O dürst' ich dein
Gespiele sein,
Du Wonnigste der Frauen,
In deinem Arm
So weich und warm
Den Himmel offen schauen!

            Herzogin
(schlägt heftig die Balkonthüre zu und tritt zurück; das Lied klingt zu Ende
ohne daß die letzten Worte verständlich werden).
                    Hört' ich recht?
Er wagt's —? Ich weiß, er ist von wilden Sitten,
Doch daß er sich so weit vergessen möcht' —
Nun, morgen will ich mir's verbitten
Für allezeit.
                (geht langsam nach rechts.)

            Dritte Scene.

Herzogin. Ariel (stößt die Balkonthüre auf, springt herein).

                Herzogin.
            Mein Gott!

                            6*

Ariel.

Nein, hört mich an,
Seid mild und menschlich, wie's der Heil'gen Art!

Herzogin.

Hinweg von mir, zuchtloser Mann!

Ariel.

Nicht eh' ich ganz mich offenbart!
Ihr müßt mich hören!

Herzogin
(will nach der Mittelthür).

Diener! Wachen!

Ariel
(ihr den Weg vertretend).

Still!

Ich bitt' Euch, nicht die Stimme zu erheben.
Ich lockt' hinaus das ganze Hofgesinde
Ins Dorf zum Rundtanz um die Linde.
Das Rufen wär' Euch wenig nütz;
Und Eu'r Gemahl lustwandelt eben
Im Park mit einem schönen Kinde.
Wir sind allein.

Herzogin
(ihn fest anblickend).

Was wollt Ihr?

Ariel.

Was ich will?

Seltsame Frage! Fragt der Baum den Blitz,
Der auf ihn niederfährt, was er begehre?
Daß er in Flammen ihn verzehre,
Das will er.

Herzogin.
Ihr seid trunken oder toll.
Verlaßt mich!

Ariel.
Trunken, ja, doch nicht von Wein,
Und eher mag es Wahnsinn sein,
Was aus dem Herzen mir zum Hirne schwoll.
Doch Ihr — Ihr habt es angeschürt!
Habt Ihr den irren Geist nicht längst gespürt,
Wenn draußen meine Geige tönte,
In schluchzend wilder Melodie
Ein ungestillt Verlangen stöhnte?
Der Frauen Ohr ist doch so fein gestimmt,
Daß es den schwächsten Seufzerhauch vernimmt,
Und Ihr, gesteht's, Ihr hättet nie
Mein liebewerbend Flehn vernommen?
Ihr ließt kaltsinnig schadenfroh
Mich Nacht für Nacht vor Euer Fenster kommen,
Um, wenn der Schlaf mein Auge floh,
Die Wimpern lächelnd zuzuschließen
Und Eurer Macht im Traum noch zu genießen?
Doch dünkt' Euch auch der niedre Knecht,
Wenn Ihr Euch dehnt auf weichem Pfühl,
Für Euer Mitleid selbst zu schlecht —
Heut wird er seine Ketten brechen,
An Eurem Stolze sein verschmäht Gefühl
In glühendem Ergusse rächen.

(tritt ihr einen Schritt näher, sie blickt ihm starr ins Gesicht, ohne sich zu regen.)

Herzogin (ruhig).
Und wenn Ihr diese Frevelthat vollbracht,
Was dann?

Ariel.

Dann mögt Ihr mich ewig haffen,
Von Hunden mich zerfleischen laffen,
Den Räuber, der in den Tempel brach,
Sich am geweihten Kelche zu beraufchen.
Doch litt' ich taufendfache Pein und Schmach,
Mit keinem Gotte würd' ich taufchen.

Herzogin.

Euch haffen? Haßt man auch den Fieberkranken,
Der fpielend mit der eignen Hand
In irrem Wahn anzündet fein Gewand?
Die Hunde, die Euch zerfleifchen werden,
Sind Eure eignen Reuegedanken;
Sie werden Euch auf der Ferfe fein,
Euch wüthend hetzen von Ort zu Ort,
Und nirgend findet Ihr hinfort
Vor ihnen Ruhe, bis im Schooß der Erden.

(da er fich abwendet)

Blickt nicht zu Boden, feht mich an!
Es ist nicht wahr, Ihr kennt Euch fchlecht:
Ihr feid nicht, wie Ihr fagt, ein Knecht.
Aus Euren Liedern an mein Ohr
Hat fich ein freier Geift erfchwungen,
Der aus des Lebens Niederungen
Zu ftolzen Gipfeln ftrebt empor.
Und könntet Ihr fo hoffnungslos,
So traurig tief Euch felbft entadeln?
Ihr würdet felbft den Schwächling tadeln,
Der einer flüchtigen Begier zum Raub
Sein befferes Ich dahinwirft in den Staub.

Ariel (finster zu Boten blickend).

Umsonst! Ihr windet Euch nicht los
Aus meinem Bann. Denn Ihr habt Recht:
Ich bin nicht mehr ein blöder Knecht.
Vor Euch steht Euer Herr und Meister.
In meinen Adern rinnt Teufelsblut,
In meiner Brust loht Höllenglut,
Und höhnen würden mich des Abgrunds Geister,
Wenn ich nicht büßte mein Gelüst
Und ginge fort und hätt' Euch nicht geküßt.
Ich will, ich muß.

Herzogin (tonlos).
　　　　　So thut's! Das aber wißt:
Der Mund, den Euer Kuß entehrt,
Wird sich hinfort für ewig schließen,
Nicht irdische Speise mehr genießen,
Bis diese Seele die befleckte Hülle
Abstreift, vor der ihr tödtlich schaudert,
Und zu dem Thron des Ew'gen kehrt.
Dies ist mein unbezwinglich fester Wille,
Das schwör' ich Euch.
　　　　　　　　　Ihr starrt? Ihr zaudert?
Bin ich nicht wehrlos in Eurer Gewalt,
Schon halb entseelt, die Lippen todeskalt?
Den letzten Hauch noch müssen sie sammeln,
Mich zu entlasten einer Schuld:
Lange versäumten Dank zu stammeln,
Daß ihr mit süßen Liederweisen
Meine Schmerzen oft in Schlaf gelullt.
Ich sann, Euch etwas Liebes zu erweisen,
Wie einem Freunde, der mir wohlgethan.
Nun ist's zu spät, Ihr wollt mein Freund nicht sein,
Mein Feind und Euer Feind. Wohlan!

Thut was Ihr müßt, und mög' Euch Gott verzeihn' —
Ihr wißt nicht, was Ihr thut.

(Große Pause.)

(Sie steht ruhig vor ihm, die Arme hängen regungslos herab, ihr Auge ist fest auf ihn gerichtet. Er macht eine Bewegung, sich ihr zu nähern, sein Blick hebt sich scheu zu ihr empor, sinkt sofort wieder zu Boden. Ein Zittern überläuft ihn, er schlägt die Hände vors Gesicht, steht einen Augenblick in heftigem Kampf, dann stürzt er vor ihr nieder, ergreift den Saum ihres Kleides, drückt ihn hastig an die Lippen, springt auf und schwankt durch die Mitte hinaus.)

Vierte Scene.

Herzogin

(allein, senkt das Haupt auf die Brust, steht in sich gekehrt; dann, nach einer Weile halblaut).

— — — — und vergieb uns unsre Schuld, — wie
wir vergeben — unsern Schuldigern —

(schüttelt sich, wie von einem Schauder ergriffen.)

Ist's möglich? Hab' ich das erlebt?
Noch bin ich ganz und gar von Graun durchbebt.
Dies Kleid, von seinem Hauch befleckt,
Ich muß es eilig von mir streifen —
Noch fühl' ich spukhaft Arme nach mir greifen,
Von jedes Lüftchens Hauch erschreckt.
O wäre die lange bange Nacht,
Die schlummerlose, erst herumgebracht!

(geht mit wankenden Schritten durch die Thüre rechts hinaus.)

Fünfte Scene.

Gabriel
(aufgeregt umherblickend).

Sie ist nicht hier.

Magnus.

Geduldet Euch doch!
Das Lämpchen, seht Ihr, flackert noch.
Nicht lang, so tritt sie wieder ein.

Gabriel.

Und wird sie meine Kühnheit auch verzeihn,
So spät zur Nacht hier einzudringen?

Magnus.

Ich bin ihr Arzt. Mit Pillen und Mixtur
Vermag ich nicht, ihr Schlaf zu bringen;
Mit sympathetischen Mitteln nur
Wird ärgerm Uebel vorgebeugt.
Die Fürstin ist, wie heut sich klar gezeigt,
Mit dem Gemahl, der ihr beschieden,
Weil er aus etwas derberm Stoff,
Nicht allerwegen wohlzufrieden.
Sie fühlt sich sehr vereinsamt hier am Hof.
Da wäre nun ein Freund willkommen,
Hingebend zart um sie bemüht,
Vor dem sie, wenn der Mond erglommen,
Ausschütten mag ihr schwärmerisch Gemüth,
Tiefsinnig edle Reden tauschen,
Dem Brautgesang der Nachtigallen lauschen,
Bis die ätherischen Zwillingsseelen
Recht irdisch warm sich finden und vermählen.
Ein solcher Freund — wär't eben Ihr.

Gabriel.

Ich — und der Abgrund zwischen ihr und mir,
Die Sünden meiner zügellosen Jugend,
Die heut mit Abscheu sie entdeckt!

Magnus.

Die haben keine Heilige noch erschreckt.
Ihr überflüssiger Gnadenschatz an Tugend
Wird just dem ärgsten Sünder frommen,
Da er die schöne Hoffnung weckt,
Daß sie dem Himmel eine Seele rette,
Wenn sie ihn ins Gebet genommen.

Gabriel.

Mir bangt, wie an geweihter Stätte.
Die Kehle ist mir zugeschnürt —
Ich werde stammelnd nur zu sprechen wagen.

Magnus.

So recht! Durch solch ein schüchternes Betragen
Wird auch das strengste Herz entwaffnet und gerührt.
Demuth hat stets die Weiber mehr verführt,
Als Uebermuth, was auch die Stutzer sagen.
Da ist Eu'r Bruder Ariel
Vorhin im Dunkeln uns vorbeigerannt.
Ich fürchte, daß der thörichte Gesell
Beim Uebermuth nicht seine Rechnung fand.

Gabriel.

Ariel? Ich hab' ihn nicht erkannt.
Was sucht' er hier? Was trieb ihn fort so schnell?

Magnus.

Wohl was den Marder treibt vom Taubenschlag,
Bei dem der Hofhund auf der Lauer lag.

Den Packan Tugend müßt Ihr kirren
Mit einem Bissen, der ihm schmeckt.
Ihr habt Eu'r Manuscript doch eingesteckt?

Gabriel.

Meine Gedanken sich verwirren.
Wie? Ariel hätte sich erfrecht —?

Magnus.

Ich weiß es nicht. Doch wär' es — dann erst recht
Dürft Ihr auf Sieg zu hoffen wagen.
Glaubt mir, am schwächsten ist die Veste,
Die einen Sturm so eben abgeschlagen.
Sie wiegt sich nun in Sicherheit,
Und ist ein neuer Feind bereit,
Vertheidigt sie sich nicht aufs Beste.
Glückauf!

Gabriel.

Was sprecht Ihr? Wär' es wahr? Ihr meint —
Was achselzuckt Ihr so bedeutungsreich?
Was grins't Ihr lauernd vor Euch hin?
Wie? Erst so spät erkenn' ich Euch?
Ihr seid —

Magnus
(sich leicht verneigend).

Der Leibarzt der Frau Herzogin
Und Euch zu Dienst. — Gute Nacht, mein junger Freund!

(geht durch die Mitte ab.)

Gabriel (allein).

Er ist's! Hat mir's nicht längst geahnt?
Aus seinen Worten, seinen Blicken
Ein drohend Etwas mich gemahnt,
Es wohn' ein Geist in ihm voll dunkler Tücken?

Doch daß er's selbst — und jetzt — und hier —
Er zeigte mir einen Himmel offen,
Geheimster Wünsche Vollgewähr,
Allein zur Furcht verwandelt sich das Hoffen,
Und ärmer bin ich als vorher.

(versinkt in sich, fährt plötzlich auf.)

Sie kommt! O Gott, wie nur begegn' ich ihr!

Sechste Scene.

Gabriel (im Hintergrunde) Herzogin (tritt wieder ein, in weißem Nachtgewande, eine Bibel in den Händen).

Herzogin.

In meinen Gliedern welche Schwere,
Welch schaurig Bangen in meiner Brust;
Als ob der Tod mir nahe wäre!
Bin mir doch keiner Schuld bewußt.
Ich will zum Worte Gottes flüchten,
Aus diesem Zagen mich aufzurichten.

(legt die Bibel auf das Tischchen, blickt um.)

Heiland der Welt!

Gabriel (schüchtern vortretend).
Erschrecket nicht,
Herrin! Ein Wort nur, und ich gehe.

Herzogin.

Ihr seid's? Wie drängt Ihr Euch in meine Nähe
Zu dieser Stunde?
Gabriel.
Das Gedicht,
Das ich, wie Ihr befohlen, niederschrieb,
Vielleicht, so dacht' ich, wär's Euch lieb,
Da es Euch Trost zu bringen schien,

Wenn Ihr's noch heut auf Eurem Tische fändet:
Hab' ich gefehlt, so laßt auf meinen Knie'n —

(Er beugt ein Knie und senkt das Haupt.)
(Pause.)

Herzogin.

Gebt mir das Blatt.   Eu'r Kommen sei verziehn.
Steht auf.   Und nun — gute Nacht!

Gabriel (aufstehend).

O wendet

Noch Einen gütigen Blick mir zu,
Erhabne Herrin!   Müßt' ich glauben,
Ihr zürntet — aller Rast und Ruh'
Würde Verzweiflung mich berauben.
O wüßtet Ihr, wie in mir jeder Trieb,
Seit ich zuerst bin vor Euch hingetreten,
In tiefster Scheu Euch zugeeignet blieb,
Und wie die Gläub'gen zur Madonna beten,
Ihr Wohl und Weh der Reinsten aller Frauen
In seliger Hoffnung anvertrauen,
So, was mich je gefreut, gehärmt,
Sehnt' ich mich vor Euch auszuschütten,
Mein Heil von Euch, o Heilige, zu erbitten.

Herzogin.

Ich weiß, Ihr seid ein Dichter.   So genau
Darf man's nicht nehmen, wenn Ihr schwärmt.
Ich bin nur eine schlichte Frau,
So hohen Ueberschwangs nicht werth,
Und wolltet Ihr mir Alles künden,
Was dunkel Euch im Innern gährt,
Ich wüßte Manches wohl nicht zu ergründen.
Doch wenn Ihr wünscht, wir sprechen mehr davon

Zu beßrer Zeit. Spät ist es schon,
Und Ihr müßt gehn. Nur, da Ihr traurig seid,
Nehmt dieses Wort noch zum Geleit:
Ich zürn' Euch nicht.

Gabriel.
O Engelsmund!

Herzogin.
Vielmehr, mir selbst zu zürnen hätt' ich Grund.
Schwer hab' ich Unrecht Euch gethan.
Ich sah Euch erst, vom Schein betrogen,
Für einen jener Ungeberd'gen an,
Die sich gewissenlos verwogen
In wilde Lebenswirbel stürzen,
Den Ueberdruß der Sättigung
Mit neuen üppigen Freveln würzen.
Doch wenn Ihr's redlich meint — Ihr seid noch jung;
Ich will der Hoffnung mich erkühnen,
Was Ihr verschuldet, sei Euch wahrhaft leid,
Und daß Ihr guten Willens seid,
Durch edle Thaten es zu sühnen.

Gabriel.
Ist's wahr? Ist's möglich? Hofft Ihr das von mir?
O macht' ich dies Vertraun zu Schanden,
Ich wär' unwürd'ger als ein Thier,
Das zwischen Hunger und Begier
Hinträumt in dumpfer Sinne Banden.
Ja, leben will ich, zum Licht empor
Vom Erdenschlamme den Blick erheben,
Und jedes Lied soll Zeugniß geben,
Wen ich zum Schutzgeist mir erkor.
Ihr aber — schließt den Büßer ein

In Eu'r Gebet, und von den Sternen
Wird niederthauen die Kraft dem Fernen,
Ob auch unselig, Euer werth zu sein.

Herzogin.
Ihr wollt hinweg von hier?

Gabriel.
Ich muß.

Herzogin.
Ihr habt einen unstät irren Sinn.
Wo Ihr auch weilt, erfaßt Euch Ueberdruß.
Doch meint' ich stets, des Dichters Geist
Soll nicht hinstürmen wie ein wilder Fluß,
Vielmehr zum klaren See sich breiten,
Der Erdgestad' und Himmelsweiten
In reinen Bildern gespiegelt weis't.
Was treibt Euch fort?

Gabriel.
Ihr fragt? O fraget nicht!

Herzogin.
Ihr dürft mir's wahrlich nicht verhehlen.
Ich muß Euch kennen, soll mein Gebet
Dem Schutz des Himmels Euch empfehlen.

Gabriel
(zu Boten blickend).
Muß ich nicht meiden Euer Angesicht,
Wenn ich des Lebens Wucht ertragen soll?
Wie Ihr in Hoheit vor mir steht,
Auf mich herniederlächelt mitleidvoll —

Ihr ahnt nicht, wie in diesem Herzen
Wahnsinnige Wünsche sich entzünden,
Die, wagt' ich's jemals, sie zu künden,
Mir Eure Huld auf immerdar verscherzen.

Herzogin
(nach einer Pause).

Auch Ihr! Das ist sehr traurig, lieber Freund!
Ich hatt' es gut mit Euch gemeint,
Mit Euch und mir. Es hätte mich beglückt,
Mein eignes Leben, das nicht kummerfrei,
An Eurem Feuergeist emporzurichten,
Und was in Wirklichkeit mir weit entrückt,
Mir nah heranzuträumen in Gedichten.
Damit ist's freilich nun vorbei,
Und besser drum, wir scheiden auf der Stelle.

Gabriel.

Nein, laßt mich bleiben! Weiset mich nicht fort!
Ich widerrufe das unsel'ge Wort.
Verschütten will ich die heiße Quelle,
Die meinen Frieden unterwühlt,
Und hab' ich Andres je für Euch gefühlt,
Als Ehrfurcht vor der Unnahbaren,
Hinfort will ich im Träumen selbst und Denken
Nie wieder Eure Hoheit kränken,
Nur laßt mich nicht von hinnen fahren
In mein Verderben!

Herzogin.
Eu'r Verderben? Sprecht!
Glaubt, meine Brust ist leidgestählt.
Ich muß erfahren was Euch quält,
Soll ich Euch Trost und Hülfe spenden.

Gabriel.

Ihr werdet schaudernd Euch von mir wenden,
Erfahrt Ihr, was ich selbst vergessen möcht'.
Mich wundert, daß es nicht schon lange
Mich toll gemacht! — Wie eine Riesenschlange,
Die einen friedlich Schlummernden umschnürt,
Daß er erwachend an seiner Wange
Ihre geifernde Zunge spürt:
Den Angstschrei selbst in seiner Kehle
Würgt ihm der Feindin Umringelung,
Und ob er stark und tapfer ist und jung,
Ewig verloren ist seine Seele!

Herzogin.

Um Gott, Euer Mund ist todtenfahl —
Euer Auge glüht —

Gabriel
(tritt dicht vor sie hin).

Wollt Ihr's denn hören,
Was mir für ewig den Frieden stahl,
So daß mir der Verdammniß Qual
Nur Eure Nähe mag beschwören?
Neigt Euer Ohr! — (flüstert)
Ihr wißt, daß ich die Mutter nie gekannt
Und meines Vaters Spur verlor.
Voll ward mein Elend erst, da ich ihn fand!

Herzogin.

Verleugnet er sein eigen Fleisch und Blut?

Gabriel
(dumpf zu Boden starrend).

Er meint's mit ihm nur allzu gut
Und ist ein Fürst von großen Reichen.

7

Vor Grauen werdet Ihr erbleichen,
Wenn ich ihn nenne.
                    Herzogin.
                    Redet! Löf't den Zweifel,
Ob Ihr bei Sinnen seid —

                    Gabriel.
                    Es ist —
                    (tonlos) — der Teufel!

                    Herzogin
          (fährt zusammen, blickt ihn dann traurig an).
Mein armer Freund, welch kranker Wahn! Ich seh',
Ihr braucht des Arztes.

                    Gabriel (hastig).
                    Alle Wissenschaft
Der Weisesten hat keine Panacee,
Die diesen Stachel aus dem Blut mir schafft.
Ein kranker Wahn? Ist's auch nur Trug
Der Einbildung, daß er im Flug
Uns durch die Lüfte hergetragen?
War es nicht eines Teufels Plan,
Das Götterbild in Stücke zu zerschlagen,
Das wir in dir mit Augen sahn?
Und sieht nicht auch mein Geist
Mit scharfer Klarheit
Das Ziel der ew'gen Wahrheit,
Das deine Engelshand mir weis't,
Und dennoch durch die Adern ungedämpft
Fühl' ich das sündige Fieber schwül,
Das kein himmelentstammt Gefühl,
Kein Spruch des heiligen Buchs bekämpft?

Sieh den Verlornen,
Zum Jammer Gebornen
Nicht an, du Milde, du Ewiggeliebte!
Er ist nicht werth, daß ein Engelsherz,
Mit seiner Qual Erbarmen übte;
Es reißt ihn taumelnd abgrundwärts,
Und an der klaffenden Seelenwunde,
In der das Eisen glühend zischt,
Ein Brandmal prägend, das nie erlischt,
Ein Höllenopfer geht er zu Grunde!

(Er stürzt zu Boden, liegt unbeweglich.)

Herzogin
(kniet neben ihm hin, ringt die Hände).

Er stirbt! Laß ihn nicht sterben, Gott der Gnaden!
Erlös' ihn aus der finstern Mächte Bann! —
Steh auf, du unglücksel'ger Mann,
Und wärst du tausendfach mit Schuld beladen,
Du darfst auf deinen Heiland bauen.
Blick auf!

Gabriel
(sich halb aufrichtend).

O süße Stimme, töne fort!
Ihr sanften Augen weckt den Frühling dort,
Wo Sturm getobt und winterliches Grauen.
Nur Einmal lege die weiche Hand
Auf diese Stirn, geliebter Segensbote,
Und was mich grauenhaft übermannt,
Versinkt.

Herzogin
(sich zu ihm neigend).

Wie fühlt Ihr Euch?

Gabriel.
So wie der Todte,

Den neuer Lebenshauch durchbebt.
(Sie steht auf. Er ergreift ihre Hand.)

Nein, wenn mein lichter Engel mir entschwebt,
Verfall' ich neu den Höllengewalten.
So Euch zu Füßen, Eure Hände halten —
Sie küssen — (Er thut es.)
(Sie steht in tiefer Bewegung neben ihm.)

Herzogin.
Geht hinweg!

Gabriel.
Du könntest

Mir streng entziehn, was du so mild mir gönntest?
Dir hab' ich ewig mich geweiht,
Du bist mein Himmel, meine Seligkeit,
Mein irdisch Heil, nur du kannst mich erretten!
(Er will sie an sich ziehen. Bei den letzten Worten ist der Herzog in der offenen Thür erschienen.)

Siebente Scene.

Vorige. Der Herzog. Magnus, Diener (mit Fackeln). Eva (bleibt hinten im Corridor, späht, sich verborgen haltend, herein).

Herzog
(zu den Dienern).

Ergreift den Buben! Werft ihn in Ketten!
Und diese Frau —

Gabriel (springt auf).
Ich duld' es nicht,

Daß hämische Blicke ihre Hoheit kränken!

Mich mögt Ihr in den tiefsten Thurm versenken,
Doch sie —

Herzog.

Was declamirt der Wicht?
Die Frau, die so vergessen ihrer Pflicht,
Mag sehn der Schuld sich zu entladen
Vor unserm geistlichen Gericht,
Vor das wir morgen früh sie laden.

Gabriel.

O redet, Fürstin! — Ihr verstummt, empört,
Daß man gewagt, Euch schwerster Schuld zu zeihn,
Euch Engelreine, auf falschen Schein?
Gewinnt es über Euch, sprecht nur ein Wort --

Herzogin
(wendet sich schweigend ab).

Herzog.

Still! Führt den unberufnen Anwalt fort,
Und die Beklagte bleibt in Haft.

(Zwei bewaffnete Diener nähern sich Gabriel, um ihn zu ergreifen. Er
schüttelt sie ab, tritt mit flammendem Blick vor den Herzog.)

Gabriel.

Ist's möglich? Hat Euch so bethört
Die zügellose Leidenschaft,
Daß Ihr der Wahrheit Zeugniß überhört
Im Schweigen dieser reinsten Frauen?
(erblickt Eva, die an der Schwelle zwischen den Bewaffneten steht).
Und dort — darf ich den Augen trauen?
In das Gemach, das Eure Gattin weihte,
Dringt Ihr in Eurer Buhlerin Geleite?

Herzog (wüthend).

Wer bist du Rasender, so ungescheut
Dich wider deinen Fürsten zu empören?

Gabriel.

Wer seid Ihr selber, Herzog, daß erst heut
Ein Rasender Euch Eure Pflicht muß lehren!

Herzog
(seinen Degen ziehend).

Dein Herr und Richter, toller Knabe,
Und dieser Stahl beweise dir's,
Daß Macht ich über Tod und Leben habe.

Gabriel
(reißt einem der Diener das Schwert aus der Scheide).

Mord sinnt Ihr? Nun so büßet mir's,
Was Ihr an dieser hohen Frau verbrochen.
Wehr dich des Lebens, Herzog!
(Er bringt auf ihn ein.)

Herzogin.
                                    Gabriel!
Halt ein!
(Sie stürzt dazwischen, breitet die Arme aus, um ihren Gemahl zu decken,
Gabriel's Schwert trifft ihre Brust.)
Allmächt'ger Gott!
(Sie bricht zusammen.)

Herzog.
                              Erstochen!
Sie stirbt! Zu Hülfe! Schnell! o schnell!
Doctor — o rettet sie!
(Während Alle entsetzt zurückgewichen sind, ist Magnus vorgetreten, hat sich
zu der Hingesunkenen hinabgebeugt.)

Magnus.

Herr, vergebens
Ist jede Kunst des Arztes hier.
Der Stahl drang in den Sitz des Lebens.

Gabriel.

Dämon, das ist dein Werk! Ich fluche dir!

(wirft das Schwert weg, stürzt neben der Todten zur Erde.)

(Vorhang fällt.)

———————

Vierter Akt.

Schloßkapelle. An der dunklen linken Wand eine Estrade für die Sänger, hinten zu beiden Seiten Thüren. In der Mitte auf einigen Stufen der Katafalk, auf welchem die Herzogin aufgebahrt liegt. An der rechten Wand etwas erhöht das Standbild des Knaben. Fackeln. Durch ein hohes Fenster in der linken Wand bringt Mondschein herein.

Erste Scene.

(Zur Linken des Katafalks) der Prediger, (hinter ihm) ein Kirchenbiener. (Zur Rechten knieend) der Herzog, der Graf, der Hofstaat und das Gesinde, unter ihnen Michael. (Auf der Estrade gegenüber) Ariel (mit einem Knabenchor).
(Beim Aufgehen des Vorhangs hört man von draußen links, wo sich die Kirche befindet, ein kurzes Nachspiel auf der Orgel. Nachdem es zu Ende ist, spricht)

Der Prediger.

So segn' ich dich ein, Verklärte du,
Zu deiner frühen Grabesruh'.
Es wolle der Herr im andern Leben
Dir eine fröhliche Urständ' geben,
Euch Trauernden aber insgemein
Seinen himmlischen Beistand leihn.
In des Vaters, Sohnes und Geistes Namen
Der Friede Gottes sei mit euch! — Amen.

(Er steigt von den Stufen herab, verneigt sich gegen den Herzog, schreitet, von dem Kirchendiener gefolgt, durch die Thür zur Linken hinaus. Gleich darauf beginnt der Knabenchor, den Ariel auf der Geige leise begleitet, während Mädchen in weißen Gewändern den Katafalk umschreiten und die Stufen mit Blumen bestreuen.)

Die Knaben.

Es ist ein Schnitter, heißt der Tod,
Hat Gewalt vom großen Gott.
Der sah auf der Aue
Die edle Fraue,
Die Lilie süß,
Die wollt' er pflanzen ins Paradies.

Dem grimmen Tod gab Gott die Macht,
Die Lilie mäht' er über Nacht.
Noch blühn auf der Aue
Schön roth' und blaue
Blümlein umher —
Die hohe Lilie schaut Niemand mehr!

(Pause. Ariel und die Knaben gehn langsam nach links ab, die Mädchen folgen ihnen.)

Der Herzog
(erhebt sich, tritt an den Katafalk).

Wahrsagend tönte dieser Kinderchor:
Nie mehr! Nie wird der Gram gestillt,
Das Sehnen nach dem reinsten Frauenbild.
Nicht alle Paradiesesblüten
Können die Lilie, die im schönsten Flor
Gebrochen hinsank, uns vergüten.
(sich zu Michael wendend)
Der Künstler aber soll in Marmorstein
Nachbilden die entschwundne Huldgestalt,
Die wie ein Engel, aller Sünde rein,

So früh zum ewigen Licht entwallt,
Daß, wenn zu ihrer Gruft wir kehren,
Ihr Bild wir netzen mit tausend Zähren.

(ergreift die Hand der Todten.)

Mit tausend Zähren fleh' ich: O vergieb,
Was ich dir je zu Leid gethan, mein Lieb!
Sei droben mit versöhntem Sinn
All unsrer Fehle Fürbitterin,
Entlastend uns der Schuld durch dein Gebet
Vor Gott dem Herrn! — Ruh sanft, Elisabeth!

(Er küßt ihre Hand, wendet sich dann, die Augen bedeckend, ab und wankt
die Stufen hinab durch die Thüre rechts hinaus. Die Andern haben sich
ebenfalls erhoben, nähern sich dem Katafalk, drücken die Lippen auf das
Bahrtuch und die Füße der Todten und entfernen sich weinend nach rechts.)

Zweite Scene.

Michael
(ist allein zurückgeblieben, kommt langsam in den Vordergrund).

Hört' ich denn recht? Ward mir so hohe Gunst?
Ich soll dies einzige Wunderbild
Nachschaffen mit meiner armen Kunst?
O hätte sich's nur einmal mir enthüllt,
Den heimlich brennenden Wunsch gestillt,
Mit trunken unersättlichen Augen
Die höchste Schönheit einzusaugen!
Jetzt steht vor mir die herrliche Gestalt
Zerfließend, wie im Sonnenduft
Ein Morgenwölkchen vorüberwallt,
Und bald, wie bald versinkt sie in die Gruft!

(steht sinnend, wendet sich dann haftig um, thut ein paar Schritte gegen den
Katafalk hin, bleibt wieder stehn.)

Seltsam! Schauer wehen mich an!
Es reißt mich zu ihr hin mit Machten,

Und unbezwinglich wieder
Lähmt eine Schwäche meine Glieder,
Daß ich den Fuß nicht heben kann.
Dies feige Zittern kämpf' ich nieder.
Müßt' ich doch selber mich verachten,
Scheuchte mich fort ein kindisch Grauen.
Ich thu's, ich wag's, ich will sie schauen!

(Er eilt die Stufen hinauf, tritt der Todten gegenüber.)

Wie herrlich dies Gebild! Wie rein
Sich Form an Form in strengem Adel schließt!
Wie aus dem Blätterschaft die Blume sprießt,
Hebt aus den Schultern sich das Haupt empor,
Des Halses bleiches Elfenbein,
Des Busens frosterstarrte Welle
Verhüllt mißgünstig mir ein Flor.
Fort, neidisches Gespinnst!

(Er streckt die Hand aus. In demselben Augenblick fällt der fortrückende
Strahl des Mondes auf das Gesicht der Todten. Von links aus der Kirche
ertönt die Melodie des Grabgesanges, leise auf der Geige gespielt.)

Michael (zurücktaumelnd).
Ha, Spuk der Hölle!
Schlägst du die Augen auf, starrst mich an?
Was hab' ich dir gethan,
Daß sich dein Blick, von Gram umflort,
Mit überirdischer Macht
Vernichtend in meine Seele bohrt?
Ein Frevel war's, doch kaum gedacht
Und schon erstickt tiefinnen.
O wende den strengen Blick von mir
Und laß begnadigt mich von hinnen!

(Er taumelt, immer die Todte anstarrend, die Stufen hinab, bricht unten zusammen, das Gesicht in die Hände gedrückt.)

Dritte Scene.

(Von links tritt) Ariel (herein, der eben die Geige absetzt, eilt auf) Michael (zu, bemüht sich ihn aufzuheben).

Ariel.

Bruder — du hier? Zu ihren Füßen?
Was ist geschehn?

Michael (sich schüchtern aufrichtend).

Sie läßt — wie schwer! —
Mich mein rasend Verlangen büßen.
Sieh sie nur an. Nicht wahr? Sie blickt noch her?
O fort, nur fort!

Ariel.

Du siehst Gesichte.
Sie schlummert tief und friedevoll,
Umglänzt von Mondes Silberlichte;
Was schreckte dich?

Michael (flüsternd).

Sie schlug die Wimpern auf
Voll geisterhaften Lichts,
Wie wohl dereinst des Engels Augen flammen,
Kommt er, die Sünder zu verdammen,
Am Tage des großen Weltgerichts.

Ariel.

Es war ein Traum, verlaß dich drauf.

Michael.

Traum oder Wahrheit — von diesem Ort
Trag' ein verwandelt Herz ich fort.
Nichts soll mir rauben die Zuversicht,

Daß es auf Erden ein Heiliges giebt,
Vor dessen stillem Angesicht
Der bösen Geister Spuk zerstiebt.
Ihm beug' ich hier mich auf den Knie'n.

(kniet am Katafalk nieder, drückt seine Lippen gegen das Bahrtuch.)

Ariel.

Und ich will alle Lande durchziehn,
Und meine Geige süß und bang
Soll tönen lassen die Melodien,
Mit denen ich sie in Schlummer sang.
Und wo es hergeht toll und wild,
Zum Tanz bei ausgelassnen Festen
Der Baß erdröhnt, die Clarinette schrillt,
Geb' ich mein Todtenlied zum Besten
Und ruf' in den jauchzenden Schwarm hinein:
Könnt ihr noch lachen und lustig sein?

  Blühn auf der Aue
  Schön roth und blaue
  Blümlein umher —
  Die hohe Lilie schaut Niemand mehr!

(Er kniet neben dem Bruder, drückt die Stirn gegen den Katafalk.)

Vierte Scene.

Vorige. (Durch die Thüre rechts ist schon seit einiger Zeit) Magnus
(eingetreten).

Magnus

So recht! Nur wacker fortgeschwärmt
Mit überschwänglich hohen Phrasen!
Je prasselnder das Feuer lärmt,
Je hurtiger wird's der Wind zerblasen.

Laßt nur die edlen Zähren fließen,
Umarmt ein täuschend Wolkenbild!
Wird euer Schmachten nicht gestillt,
Euch wandelt bald ein Lüstchen an,
Gebilde, die man greifen kann,
Lebendig in den Arm zu schließen.
Ihr müßtet nicht meine Kinder sein!

(Ariel und Michael sind aufgesprungen und von den Stufen herabgeeilt, sich
an einander haltend, mit Geberden des Abscheus und Entsetzens.)

Ariel.

Du hier? Wie wagst du dich herein
An diese Stätte heil'ger Schmerzen?

Magnus.

Dem Vater liegt der Söhne Glück am Herzen.
Was bleich jetzt eure Wangen färbt,
Habt von der Mutter ihr geerbt.
Doch bald wird neu das Vaterblut
In euren Adern munter kreisen,
Und ihr in keckem Uebermuth
Der Teufelsöhne Kraft erweisen.

Ariel.

Das lügst du, Vater aller Lügen!
Und wär' es wahr, daß wir die Schmach
Der grauenhaften Abkunft trügen,
Wir wollen nicht uns feig und schwach
Dem Joch der Teufelskindschaft fügen.
Der Töne Macht, die du mir selbst verliehn,
Sie helfe mir, von dir mich loszuringen
Und wie auf freien Vogelschwingen
In reine Sphären zu entfliehn.

Michael.

Ja, hämische Larve, grinse nur!
Wir schütteln ab die schnöden Ketten.
Aus deinem Banne soll uns retten
Die hohe, herrliche Natur.
Wer sie mit treuer Andacht ehrt,
Erkennt in ihr der ew'gen Weisheit Walten,
Und nimmer kann in ihm erkalten
Die Himmelsglut, die alles Leben nährt.
So wird zu Schanden deine Macht
An festem Muth und reinem Willen.

Ariel.

Fahr hin, ruchloser Geist der Nacht!
Biet auf all deinen Grimm und Haß —
Nie wird dein Hoffen sich erfüllen!
Apage!

Michael.

Apage, Satanas!

(Sie umfassen sich, strecken die Arme gegen Magnus aus und schreiten hoch-
aufgerichtet durch die Thüre rechts hinaus.)

Magnus
(in sich hinein lachend).

Haha! Nicht Wunder nimmt mich das.
Sie sind noch in den Flegeljahren,
Und müssen unverschämt gebahren,
Um vorlaut sich was Rechts zu dünken.
Das freche Müthchen kühlt sich schon,
Und die mir heut aufsässig waren,
Regier' ich morgen leicht nach meinem Winken.
Dort aber kommt mein Lieblingssohn.
An ihm hoff' ich der Freude mehr zu haben,

Als an den ungezognen Knaben.
Er macht ein blöd erstaunt Gesicht.
Nun, was er ferner soll erleben,
Wird ihm noch mehr zu wundern geben.

Fünfte Scene.

Magnus. (Durch die Thüre links tritt) **Gabriel** (ein).

Gabriel
(wie ein eben Erwachender umherblickend).

Ist das denn wirklich? Narrt ein Traum mich nicht?
Lag ich nicht eben im Thurme noch
Auf dumpfem Stroh, und vor dem Gitterfenster
Schrie das Käuzlein im Mauerloch,
Und aller Reue Qualgespenster
Sah ich mein heißes Aug' umschwirren?
Mord, Mord! klang mir's im Ohre, Mord
An dem Geliebtesten! — und plötzlich klirren
Hör' ich den Riegel an der Kerkerpfort',
Und wie ich noch verwirrt empor mich raffe,
Aufspringt die Thür bei Mondeshelle —
Die Hüter liegen schlafend auf der Schwelle,
Im schlaffen Arm die blanke Waffe —
Frei bin ich, frei! Und ein geheimer Zug
Führt mich durch Gassen menschenleer
Zum Schloß, und hier — (erblickt Magnus.)
                  Ha du! Wie kamst du her?
Was spinnst du mir? welch neuen Trug?
Was hat der Mörder, dem du gabst das Leben,
Der Todverfallne, längst der Hölle pflichtig,
An Glück und Hoffen dir noch zu geben?
Ist noch die Rechnung zwischen uns nicht richtig?

Magnus.

Wie das nun wieder sich erhitzt!
Gleich obenaus! Du reif zur Hölle?
Ein so empfindsamer Geselle,
Deß zarte Haut ein jedes Dörnchen ritzt?
Nun freilich, daß der Jungherr frei,
Hat er dem zärtlichen Papa zu danken,
Doch daß die Ketten und Riegel sanken,
Dazu bedurft' es keiner Hexerei.
Ein Feuerwein in mächt'ger Flasche,
Ein wenig Mohnsaft drein gerührt,
Und dann den Schlüssel aus der Tasche
Den schnarchenden Wächtern practicirt —
Das Stücklein würde sonder Zweifel
Auch Andern glücken, als dem Teufel.
Doch auf ein eigen seines Stück
Darf ich mir was zu Gute thun.
Sieh dich nur um! Haha! Was sagst du nun?
Dein Liebchen dort —

Gabriel
(sieht jetzt erst den Katafalk).

O Gott!

Magnus.

Du bebst zurück?
Graut dir vor Leichen? Theures Kind,
Mit dieser magst du's immer wagen,
Noch Herz und Hand ihr anzutragen.

Gabriel.

Darf ich das Licht des Tags noch schauen,
Da diese Augen geschlossen sind
Durch meine Schuld? Die Edelste der Frauen,

8

Mehr als das Sonnenlicht mir theuer,
Durch diese Hand in blindem Ungefähr
Entseelt! Nie wird sie lächeln mehr!
Du aber, grinsend Ungeheuer,
Vor dieser Todten klingt dein höhnisch Lachen,
Aus meinem Jammer dir ein Spiel zu machen?

(Er sinkt an den Stufen des Katafalks nieder.)

Magnus.

Oho! Es ist mir guter Ernst.
Ermanne dich und meine Worte merk,
Daß du den Vater ehren lernst,
Und es dir wohl ergeh' auf Erden,
Wie Kinder Gottes unterwiesen werden.
Daß sie hier liegt, nun ja, es ist mein Werk.
Ich habe dein rasches Schwert gelenkt,
Daß sich's in diese Brust gesenkt.

Gabriel (aufspringend).

Ha, Teufel, wußt' ich's doch!

Magnus.

Gemach!
Ich bin am Wort. Was hättst du angefangen,
Wenn deine schwache Klinge brach?
Am höchsten Galgen würdst du haugen,
Und dies dein Liebchen schleppt' hernach
Ihr Leben fort in frost'ger Ehe.
Zu allem Glücke war ich in der Nähe,
Und als sie umsank, flößt' ich schlau
Einen Balsam ein der rothen Wunde,
Daß sie erschien als eine todte Frau,
Indeß in ihres Herzens Grunde
Das Leben schlummerte wohlbewahrt.

Für dich, du Narr, hab' ich sie aufgespart,
Und der Herr Sohn, statt mir zu danken,
Lohnt gröblich mir mit schnödem Wort?

Gabriel.

Den Boden fühl' ich unter mir erschwanken!
Sie ist nicht todt?

Magnus.

Wir wecken sie sofort.

Doch da man ihr das Requiescat sang,
Ist sie für diese Welt begraben,
Die Gruft soll ihren leeren Sarg nur haben,
Du aber trittst als frischer Ehemann
Die süße Erbschaft lachend an.
Nun? fallen die Schuppen dir vom Auge?
Siehst endlich ein, daß einem Erdensohn
Auch wohl ein Höllenvater tauge?

Gabriel.

Sie lebt? Dies ist kein neuer Hohn?

Magnus.

Ich denk', sie wird's zufrieden sein.
Du küssest sie nur auf den Mund,
Und sie ersteht, frisch und gesund.
Geschwind ans Werk! Noch vor des Morgens Schein
Mußt du den Schatz ins Sichre bringen.
Ich helfe dir zu fröhlichem Gelingen,
Doch jetzo laß' ich euch allein.
Der Teufel macht den Kuppler gern;
Doch wenn zwei Liebende sich herzen,
Frißt ihm der Neid am ewig kalten Herzen,
Und Schäferstunden bleibt er fern.

(ab nach rechts.)

8*

Sechste Scene.

Gabriel. Die Herzogin.

Gabriel
(sich an die Stirn fassend).

Mir schwindelt! Wenn er diesmal mich nicht täuschte —
Und ob er als des Glückes Preis
Das Opfer meiner Seele heischte,
Ich zahlt' ihn gern.
(sinnt einen Augenblick, wendet sich dann nach dem Katafalk um.)
Und also sei's!
Ich wecke sie! (steht wieder still.)
Wird sie sich auch mir gönnnen?
Nicht fordern, wenn sie neubelebt,
Daß wir auf ewig uns wieder trennen?
Nein, sie ist mein!
(Er steigt zu dem Katafalk hinauf, betrachtet die Schlafende.)
Welch süßes Lächeln schwebt
Um diese Lippen, als stünde licht
Vor ihrem innern Sinn ein Traumgesicht
Von Lieb' und Treue! Ja, du Engelsbild,
Der Traum soll selige Wahrheit werden,
Meine Lieb' und Treue wie ein goldner Schild
Dich sicher leiten durch alle Fährden!
(Er beugt sich über sie und küßt sie, tritt dann zurück.)

Herzogin
(schlägt langsam die Augen auf, beginnt sich zu regen, richtet sich wie schlaf-
trunken auf).

O, das war süß! So lind wie Frühlingshauch!
Noch nie so Liebes mir geschah!
Mein holder Freund war mir so nah —
Er sprach von Lieb' und küßte mich auch —

Wir waren weit der Welt entrückt —
Wie kam das nur? Wie find' ich mich
Auf meinem Lager so schön geschmückt —
Und diese Blumen — sicherlich
Ging ich schon in den Himmel ein.
Ein jäher Schlag — nun weiß ich's wieder —
Warf tödtlich mich zur Erde nieder;
Ich muß daran verblutet sein.
Im Jenseits bin ich nun erwacht —
Nun werd' ich bald meinen Knaben sehn.
Vielleicht auch an des Freundes Hand
Wird mir mein Liebling entgegengehn.
Ich darf nur hier nicht mehr verziehn,
Ich will ihn suchen, und find' ich ihn,
Wie selig wollen wir Drei —

(Sie hebt die Füße vom Lager, fährt sitzend sich mit den Händen über die
Augen.)

Gabriel (sich schüchtern nähernd).
O Theure,
Einzig Geliebte —

Herzogin (lächelnd).
So seid Ihr da?
Der sanfte Mund, ich wußt' es ja,
Der mich geküßt, es war der Eure.

Gabriel.
Und Ihr, Ihr zürnt mir nicht darum?

Herzogin
(schüttelt leise den Kopf).
Die Zeit der irdischen Noth ist um.
Da, wo wir sind, mein einziger Freund,
Darf ohne Sünd' ein Jeder sagen,
Wie er's im Herzen fühlt und meint.

Auf Erden hab' ich Leid darum getragen,
Daß ich so herzlich für Euch empfunden,
Und war an andere Pflicht gebunden.
Hier fiel die Fessel von mir ab,
Und innig froh darf ich es Euch gestehen,
Daß ich Euch heimlich geliebet hab',
Seitdem ich Euch zuerst gesehen.

Gabriel
(ergreift ihre Hände, die sie ihm entgegenstreckt).

O Himmelswonne! Dies Gnadenwort
Machte zum Paradies den trübsten Ort.
Ist's wahr? Noch einmal laßt mich's hören,
Daß Ihr hinfort die Meine seid.
(will sie an sich ziehen. Sie wehrt ihn sanft ab.)

Herzogin.
Nicht so! Im Himmel wird nicht gefreit.
Wir werden uns ewig angehören,
Doch nicht wie in der Zeitlichkeit.
Kommt, stützet mich. Ich bin noch schwach.
Wie folgtet Ihr mir denn so bald?
Ihr seid ja noch in irdischer Gestalt,
Doch ich — dies Kleid — bin ich auch wirklich wach?
Wo sind wir hier? — O Gott — die Schloßkapelle!
(Sie macht sich von ihm los, schwankt die Stufen hinab, bedeckt das Gesicht
mit den Händen.)

Gabriel (folgt ihr).
Geliebte, über diese Schwelle
Sollst du mir folgen ins Leben hinaus.
Unsres Bleibens ist nicht in diesem Haus,
Doch draußen erwarten uns tausend Freuden.
Komm — wir dürfen die Zeit nicht vergeuden.
(will ihre Hand fassen, sie tritt von ihm zurück.)

Herzogin.

Ich lebe! Ich Unsel'ge!

Gabriel.

Ja, du lebst,
Und ich — für dich nur will ich leben!
O sprich, warum du jetzt vor mir erbebst,
Und hattest schon so ganz dich mir ergeben?
Sieh, allen Andern bist du gestorben,
Entrückt all' irdischer Pflicht und Noth,
Und der dich liebte bis in den Tod,
Hat jetzt allein ein Recht auf dich erworben.
Mein bist du!

Herzogin.
Dein? Und mein Gemahl?

Gabriel.

Hat er nicht selbst das Band zerrissen,
Das dich an ihn geknüpft zu deiner Qual?
Die Thränen, die er um dich geweint,
Sie trocknen, eh der zweite Morgen scheint,
Und eilig wird er sich zu trösten wissen.
Ihm bist du todt — so lebe nun für dich
Und mich, der all sein Glück in deinem findet.
Komm! Eh die kurze Nacht entschwindet,
Laß uns hinab zum Flußgestade.
Ein Nachen trägt uns unerkannt
Ans Meer hinaus und weiter, bis zum Strand
Italiens, wo durch des Himmels Gnade
Wir Zuflucht finden vorm Neid der Welt.
O dort, in heil'ger Treue dir gesellt
Hinleben sel'ge Tag' und Nächte
Auf sichrem Eiland, dran zerschellt

Die finstre Wuth der Höllenmächte —
Vor uns Tag, hinter uns Nacht —
Von tausend Glanzgestirnen angelacht —
Kannst du noch zaudernd dich bedenken,
Ihm, der dich liebt,
Der sich auf ewig dir zu eigen giebt,
Ein überschwänglich Glück zu schenken?

Herzogin
(nach heftigem Kampf, seinen Arm ergreifend).

So komm!

(Sie wenden sich nach rechts, plötzlich blickt sie zu dem Bilde des Knaben auf, das von dem sacht vorrückenden Mondstrahl in diesem Augenblick hell beleuchtet wird, läßt Gabriel's Arm los, fährt mit einem Aufschrei zurück.)

Gabriel.
Was ist dir? Du weichst zurück?

Herzogin.

Ich kann nicht. (sinkt in die Kniee.)

Gabriel.
Gilt dir nichts mein Glück?

Herzogin
(zu dem Knaben aufblickend).

Warum schaust du hinweg von mir,
Schüttelst traurig dein blasses Haupt?
Was hat mir deine Liebe geraubt?
Sieh mich auf meinen Knieen hier,
Mein holder Liebling, in Qual vergehen,
Will dir all meine Schuld gestehen!
Ach, deiner armen Mutter Herzen,
Seit du geschieden,
In bittern Schmerzen
Entwich der Frieden.

Die süße Sünde so schmeichelnd kam,
Mit weichen Händen
Einzuwiegen den alten Gram.
Aber ich will mich von ihr wenden.
Dein liebes, stilles, banges Gesicht
Es mahnt mich der vergeßnen Pflicht.
Irr war mein Haupt, mein Herz war krank —
Du hast mich geheilt, hab Dank, hab Dank!

Gabriel (zur Herzogin).

Erbarmt Euch nicht meines jungen Lebens,
Das elend sein wird, wenn ich Euch verlor?
Ist all mein heißes Flehn vergebens?

Herzogin (richtet sich auf).

Es ist umsonst, wir müssen entsagen,
Das Leben wunschlos weitertragen.
Was ich vor Gottes Altar beschwor:
In guten und bösen Tagen
Meinem Gatten ein treues Weib zu sein,
Jetzt, da vom Tod ich auferstanden,
Verknüpft mich's ihm auf Neu' mit heil'gen Banden,
Und ich gehöre nur ihm allein.
So laßt uns scheiden, mein theurer Freund!

Siebente Scene.

Vorige. Magnus (von rechts eintretend).

Magnus.

Holla! Das geht so glatt nicht, wie Ihr meint.
Ihr möchtet leben für Euren Gatten,
Der nie sich viel an Euch gekehrt?
Sehr tugendsam fürwahr und ehrenwerth —
Wenn wir nur auch zu leben Euch verstatten!

Eures tödtlichen Schicksals Lauf
Hielt nur ein kräftiger Balsam auf
Aus meinem Arzeneienschatz.
Lös' ich den Bann, so sinkt gleich auf dem Platz
Der schöne Leib ein Raub des Todes hin.
Wie denkt Ihr nun davon, Frau Herzogin?

Herzogin
(ihn hoheitsvoll anblickend).

Du drohst umsonst. An dieser Höllenlist
Erkenn' ich klar, daß du der Dämon bist,
Der irrender Menschen Herz umgarnt,
Und seh' mit Schaudern den Abgrund klaffen,
Bereit, auch mich hinabzuraffen,
Hätte mein Kind mich nicht gewarnt.
Thu nun dein Aergstes — ich befehle
Meinem Erlöser die sünd'ge Seele.
(Pause.)

Magnus.

Verflucht! Hätt' ich das Spiel verloren?
Um eines Weibs verrückten Eigensinn
Umsonst all meine Kunst beschworen?
Fischblüt'ge Thörin, so fahr denn hin
Mit deinem Kyrie eleison!
Hab' ich den Kürzern hier gezogen,
Entschäd'gen wird mich hier mein lieber Sohn.
Das Glück, um das du ihn betrogen,
Wird er hinfort bei hundert Weibern suchen,
Und wenn verloren an Seel' und Leib
Sie wüthend ihrem Verderber fluchen,
Wird er der Flüch' und Thränen lachen
Und dich, du hochbelobtes Weib,
Haftbar für ihre Seelen machen.

Gabriel.

Das wähne nicht, du Schadenfroher! Nie
Wird mir dies reine Bild erblassen.
Dich aber werd' ich ewig hassen,
Der mir das Leben nur zur Qual verlieh.
Du, der ein Vaterrecht erschlich,
Nie sollst du Macht an mir gewinnen.
Bei jener ärmsten Seele, die erblich
Durch deine Tücke, beschwör' ich dich,
In meiner Mutter Namen: weich von hinnen!

Magnus.

Verblendeter! Der ungerathne Sohn
Wagt, seinem Vater abzusagen?
So mag er seinem Trotz zum Lohn
Der Mutter Leidenserbschaft tragen.
Hättst du mit mir dich fest verbündet,
Du hättest eine Welt verführt,
Ein Reich der freien Lust gegründet,
Der Herrschaft Wonnerausch verspürt.
Nun wirst verhöhnt du und verkannt,
Als Halbnarr und Phantast verschrieen,
Ein Bettler durch die Gassen ziehen,
Um, wenn der goldne Trug der Jugend schwand,
Den ungeheuren Irrthum zu entdecken
Und wie ein armer Hund am Wegesrand
Im Hungerwahnsinn zu verrecken!

Gabriel.

Du suchst umsonst mich abzuschrecken.
Ich wandle, wohin der Geist mich führt,
Von Furcht und Hoffnung unberührt,
Die Brust erfüllt von schwererkämpftem Frieden.
Und so zum letzten Mal: wir sind geschieden!

Magnus

(schlägt eine wilde Lache auf, stampft auf den Boden und versinkt. Eine hohe Flamme lodert empor).

Gabriel.

Sieg! Aller wilde Zwist vorbei!
Die Seele athmet wieder frei
In eines neuen Tages Morgenroth!
Und jetzt —

(wendet sich zur Herzogin um, die auf die Stufen des Katafalks hingesunken ist.)

O Allerbarmer — todt?

(stürzt zu ihr hin.)

(Draußen erklingt wieder, sehr gedämpft, die Melodie des Liedes aus der Todtenfeier.)

Der Blick erloschen, die Wange kalt,
Entseelt die himmlische Gestalt —
Kann ich's denn fassen?
Du gingst dahin und mit dir all mein Glück
Und lässest mich in Thränen hier zurück,
Von jedem holden Trost verlassen?

(sich plötzlich ermannend)

Nein, nicht umflorten Auges soll
Dein Freund hinschreiten durch des Lebens Auen.
Er darf getrost auf zu den Sternen schauen,
Und wenn von Sehnsucht ihm der Busen schwoll
Nach dem Entrissnen, überirdisch Schönen,
Soll ihm Gesang das Leid versöhnen,
Dein Bild verewigend liebevoll.
Und so entrückt der schmerzlichen Begier,
Du Wandellose, lebst du fort in mir!

(Er neigt sich über sie, küßt sie auf die Stirn.)

(Vorhang fällt.)

———————